Brigitte van Hattem

Das Glück
ist ein
dämliches Grinsen

Kurzgeschichten und Miniaturen

Inhalt

Das Glück ist ein dämliches Grinsen
Symptome eines großen Gefühls

Liebe Leserinnen und Leser,

es wird mir schwer fallen, die folgenden Zeilen zu schreiben. Dauerglück ist nämlich der Konzentration nicht eben förderlich. Und ich bin glücklich. Ein dämliches Grinsen ziert mein Gesicht.

Glück hat viele Symptome. Das dämliche Grinsen ist eins davon. Dazu kommen eine nahezu stoische Gelassenheit und eine übermenschliche Toleranz. Das gute Hutschenreuther am Boden? Egal. Der Kollege seit Tagen ungeduscht? Was soll's?!? Wer glücklich ist, hält sich nicht mit Kleinigkeiten auf.

Wer glücklich ist, ist großzügig. In allem. Und dabei so weich und so entspannt wie ein nasser Sack. Zum dämlichen Grinsen kommen bei besonders zarten Naturen feuchte Augen und das Bedürfnis hinzu, alles zu berühren. Da wird gestreichelt, was nicht schnell genug davon kommt: des Nachbars fette Katze ebenso wie der Nippes auf dem Regal, der eigentlich nur abgestaubt werden sollte. Übersprunghandlung nennen das die Psychologen.

Aus melancholischer Suizidmusik wird Polka, House, Rave oder ein schmalziger Schlager. „Depressed" von Nirvana wird zu „Oh, wie ist das schön!" von Mickie Krause. Wer glücklich ist, grölt immer ein wenig lauter. Dafür führen Glückliche weniger Small-Talk, sagen Psychologen, sie führen tiefgründigere Gespräche. Bei unglücklichen Menschen ist es genau umgekehrt.

Zudem haben Psychologen nach einer ausgiebigen Literaturauswertung herausgefunden, dass nicht der Erfolg glücklich macht, sondern die Glücklichen oft durch Erfolg in Arbeit, Beziehungen und Gesundheit belohnt werden. War der reiche Nachbar also schon glücklich, bevor er reich wurde oder wurde er gar reich, weil er glücklich war?

Dabei tun wir Menschen uns gerne etwas schwer mit dem Glück. Für einen Hund ist bereits einmal quer über die Wiese rennen dürfen der Jackpot. Mit heraushängender Zunge, den Fang locker zu einem – dämlichen – Grinsen geöffnet frönt er der Lebenslust, dem puren Glück, das sich an nichts besonderem festmachen lässt. „Nur wir", bedauert Dr. Eckart von Hirschhausen, „machen unser Glück an Dingen fest, die selten sind: an einem vierblättrigen Kleeblatt, an einem Schornsteinfeger, an einem Sechser im Lotto."

Aus der kynologischen Glücksforschung hingegen ist bekannt, dass der Hund in dem Moment am glücklichsten ist, wenn er weiß, dass er *gleich* ein Leckerli bekommt. Sobald er sein Leckerli hat, geht es mit der Glückshormonkurve wieder abwärts. Das ist bei uns Menschen etwas anders.

Selbst wenn wir in erwartungsvoller Vorfreude beinahe glücklich sein könnten, mischt sich immer ein wenig bange Erwartung in das ersehnte Gefühl. Erst während das Glückliche geschieht, neudeutsch „im Flow", erleben wir unser Glück und wenn es besonders schön war, dann glücksen, pardon, glucksen wir sogar noch ein wenig hinterher. Und ... uups, da ist es wieder – das dämliche Grinsen!

Doch irgendwann lässt das Grinsen nach. Das muss so sein. Wäre Glück ein Dauerzustand, würden wir es nicht mehr erkennen. Glück muss immer wieder neu definiert, neu erlebt und dann genährt und gefüttert werden, sonst verlässt es uns. Und mit ihm die Symptome. Das ist zwar schlimm, aber ganz normal. Sobald das Glück an Intensität oder Neuigkeitswert verliert, treten andere Dinge wieder in den Vordergrund. Ich schreibe das als Warnung für alle, die jetzt noch dämlich grinsen. Und als Warnung für meinen Kollegen: Dusch' dich, Alter. Auch meine Glückssträhne hält nicht ewig!

Schlu^{ck}au^f

Frau K. (1)

„Ich habe Schluckauf", sagte Frau K. und hickste.

„Jemand denkt an dich!", behauptete die Nachbarin.

Frau K. verdrehte die Augen und hickste wieder.

„Doch", sagte die Nachbarin, „das sagt man so und deshalb stimmt das!"

„Es kann doch nicht sein", antwortete Frau K. und hickste, „dass so selten jemand an mich denkt!"

***

„Ich habe Schluckauf", sagte Frau K. und hickste.

„Jemand denkt an dich!", behauptete die Nachbarin.

Frau K. verdrehte die Augen und hickste wieder.

„Doch", sagte die Nachbarin, „das sagt man so und deshalb stimmt das!"

„Also dieses Mal", antwortete Frau K. und hickste, „sind es zwei gleichzeitig!"

Donegal

Als meine Ehe schief ging, freute ich mich erst einmal auf mein neues Leben als Single. Ich war noch jung, ich war noch hübsch, was also sollte schief gehen in meinem Leben? Schlimm genug, dass ich einmal auf einen Mann wie Robert hereingefallen war! Das sollte mir auf keinen Fall noch einmal passieren.

Aber ein Problem hatte ich da noch: Wer fuhr jetzt mit mir in Urlaub? Unsere gemeinsamen Urlaube hatte ich nämlich immer sehr genossen! Wenn wir zusammen unterwegs waren, hatten Robert und ich keine Probleme miteinander. Der Alltag war wie ausgeschaltet und wir gingen unbekümmert miteinander um. Selbst die körperliche Liebe war dann wieder spielerisch, zärtlich und wunderschön.

Aber wir hatten es nie geschafft, unser Urlaubs-Feeling zuhause festzuhalten. Nur zwei, drei Tage nach unserer Heimkehr begannen wir wieder, uns wegen jeder Kleinigkeit zu streiten. Wir stritten uns um das Fernsehprogramm, darum, wer welchen Wagen wann nicht vollgetankt hatte, wer für die Schwiegermutter einkaufen soll, wer zuerst ins Bad darf … es waren Kleinigkeiten, aber sie zermürbten uns und unsere Liebe.

Manchmal gab ich mir die Schuld daran und hielt mich zurück, wenn es ein Streitthema gab. Aber dann begann Robert wieder, mich bis aufs Blut zu reizen ... Es war ein Teufelskreis. Wir stritten uns bis zur Erschöpfung und es gab immer seltener jene wundervollen Versöhnungen, die wir in der ersten Zeit unserer Ehe noch gehabt hatten.

Nun, es war vorbei. Beschlossen und verkündet von einer Scheidungsrichterin, die uns innerhalb von zehn Minuten offiziell zu geschiedenen Leuten gemacht hatte. Ich war danach meiner Wege gegangen und Robert seiner. Seither hatten wir uns nicht mehr gesehen.

Nicht, dass ich ihn nicht vermisst hätte. Aber nachdem ich getrauert und gelitten hatte, wollte ich auch wieder etwas erleben. Nun aber, als mein Jahresurlaub unmittelbar bevorstand, wusste ich nicht, wohin mit mir. Robert hätte es gewusst. Aber da Robert ja nun nicht mehr da war, musste ich jemand anderes fragen. Ich fragte also meine Freundin Sabine.

„Mach doch eine Single-Reise", schlug Sabine vor.

„Gibt es denn so etwas?", fragte ich sofort interessiert.

„Oh ja", antwortete Sabine. „Lass dich einfach in einem Reisebüro beraten!"

Gesagt, getan. Im Reisebüro bot man mir die üblichen Reiseziele an, aber ich wollte nicht an den

Ballermann, nicht nach Teneriffa, nicht nach Ägypten und schon gar nicht in die Türkei. Verbrannte Erde hatte ich zuhause genug. Ich wollte ins Kühle, in den Norden und dort reihenweise den Männern den Kopf verdrehen.

Schließlich fand die Reisebürokauffrau eine Single-Reise ganz nach meinem Geschmack: acht Tage Wanderurlaub in Irland inklusive Anreise mit dem Flugzeug, Transfer in die Grafschaft Donegal mit Reiseleitung und ausschließlich Singles. Begeistert sagte ich zu.

Dass der Urlaub mehr als das Doppelte von dem kosten würde, was ich für eine Reise in die üblichen Urlausländer hätte berappen müssen, war mir egal. Es waren schließlich meine ersten Ferien seit meiner Scheidung, da hatte ich mir Luxus verdient! Selbst Sabine bekam große Augen, als sie den Reiseprospekt sah.

„Der Preis ist amtlich", stellte sie fest, „aber die Landschaft scheint ja wunderschön zu sein. Ich wünsche dir jedenfalls gutes Wetter und Waidmannsheil!"

Aufgeregt startete ich ein paar Wochen später am Flughafen Frankfurt. Mein Flugzeug stieg pünktlich in die Lüfte und nach etwas Suchen fand ich am Flughafen Dublin auch meine Reisegruppe. Ich schüttelte Reiseleiterin Anita die Hand und sah mir meine Mitreisenden an: Sie waren aus allen Himmelsrichtungen nach Dublin gekommen und sie waren alle – weiblich!

Mein Herz rutschte mir in die Hosen. Ich war enttäuscht, denn so hatte ich mir meinen Single-Urlaub nicht vorgestellt. Nun gut, dass es einen gewissen Frauenüberschuss geben würde, damit hatte ich gerechnet. Aber dass so gar kein Mann dabei sein würde, wer konnte denn so etwas ahnen?

Halt! Da sah ich in der Ferne ein männliches Wesen, das mit leichtem Schritt genau auf unsere Gruppe zuhielt. „Ganz mein Fall", dachte ich noch, denn ich hatte meine Brille nicht auf und konnte den Mann daher nur verschwommen wahrnehmen. Doch als sich der Unbekannte auf fünf Meter genähert hatte, fiel mir vollends die Kinnlade herunter: Das war zweifellos Robert, mein Ex! Verdammt, was machte der denn hier?

Robert, ganz Gentleman, machte sich ebenfalls erst mit Reiseleiterin Anita bekannt, bevor er in die Runde sah. Sein Blick blieb an mehreren Frauen hängen, bevor er mich entdeckte. Doch statt erschrocken blass zu werden, grinste er nur breit.

„Hallo, Antonia", sagte er und deutete eine Verbeugung an. „Wie nett, dich wiederzusehen."

„Ganz meinerseits", zischte ich sarkastisch, aber das ging in der Begeisterung unter, mit der Anita Roberts Satz quittierte.

„Wie, ihr kennt euch? So ein Zufall", freute sie sich.

„Wir waren einmal verheiratet", entgegnete ich frostig.

„Oh …" Offensichtlich merkte jetzt auch Anita, dass Freude gerade nicht angesagt war.

Minuten später tauchte unser Busfahrer auf, der den Transfer in unser Hotel nach Donegal Stadt durchführen würde. Wir folgten ihm zur Haltestelle und stiegen in einen kleinen, gemütlichen Bus, der Platz für alle siebzehn Singles plus Reiseleiterin bot. Allerdings nur, wenn die Zweiersitze auch jeweils von zwei Personen belegt waren.

Ich hatte vor lauter Ärger keine Gelegenheit gehabt, mich schnell mit einer Mitreisenden anzufreunden und sie zu fragen, ob sie eine Bank mit mir teilt. Vermutlich war das auch gar nicht üblich. Man setzte sich einfach im Bus irgendwohin und hoffte, dass sich jemand Nettes neben einen setzt. In meinem Fall war es natürlich Robert.

„Verschwinde", zischte ich, aber da waren bereits alle anderen Plätze belegt. Robert grinste wieder breit. Ich platzte vor Wut.

„Nur die Ruhe", flüsterte mir Robert ins Ohr. „Das wäre nicht der erste Urlaub, in dem wir uns gut verstanden haben."

Ich schnaubte und sah von nun an stur aus dem Fenster. Sollte doch neben mir sitzen, wer will, ich hatte jetzt Ferien!

Am Anfang gab es nicht viel zu sehen, denn wir fuhren Autobahn. Dann bog der Fahrer links ab und fuhr auf engen Straßen Richtung Donegal. Dabei musste er eine Strecke durch Nordirland nehmen, wie uns die Reiseleiterin während der Fahrt mitteilte. Fasziniert sah ich die grünen Auen, die idyllischen Flüsse und die kleinen, teilweise noch mit Ried und Schilf bedeckten Häuser. Ich verliebte mich sofort in dieses Land, obwohl sich während der vierstündigen Busfahrt mehrfach Wolken vor die Sonne schoben und es mal länger und mal kürzer regnete. Aber immer wieder drängte sich die Sonne nach vorne und tauchte das Grün der Hochmoore in warmes, goldenes Licht.

Ich war so begeistert, dass ich fast vergaß, wer neben mir saß.

Als wir in Donegal angekommen waren und vor dem Hotel ausstiegen, übernahm Robert wie selbstverständlich meinen Koffer und wollte ihn mit seinem ins Foyer schieben.

„Das kommt gar nicht in Frage", bremste ich ihn und riss meinen Koffer wieder an mich. „Ich habe ein Einzelzimmer gebucht und dabei bleibt es!"

„Selbstverständlich", bestätigte Robert, noch immer die Freundlichkeit und Ruhe selbst. „Was denkst du denn von mir? Ich wollte dir nur behilflich sein. Früher hast du dich manchmal ganz gerne bedienen lassen!"

Sein süffisanter Unterton entging mir nicht. Aber ich war morgens um kurz nach vier Uhr aufgestanden, um rechtzeitig am Flughafen zu sein, hatte einen Flug, den Schock meines Lebens und vier Stunden Bustransfer hinter mir – mir war also überhaupt nicht nach Streit. Schon gar nicht nach einem Streit mit Robert.

Also packte ich wortlos meinen Koffer und rauschte erhobenen Hauptes ins Hotelfoyer. Dort wartete schon ein Hotelmitarbeiter, um der Reiseleitung unsere Zimmerschlüssel in die Hand zu drücken. Ich hatte Zimmer Nummer 351.

Robert hatte Zimmernummer 350.

Das hatte mir gerade noch gefehlt!

In meinem Zimmer angekommen, verriegelte ich die Eingangstür und warf mich erst einmal auf das – zugegeben wunderschöne, riesige – Bett und trommelte mit meinen Fäusten auf die Kopfkissen. Ich war so sauer! Da hatte ich ein Bruttomonatsgehalt für diese Reise ausgegeben, war am

Ende der Welt angelangt und hatte Robert im Nebenzimmer!

Als ich mich beruhigt hatte, schmiedete ich Pläne, während ich meinen Koffer ausräumte, mich duschte und für das Abendessen zurecht machte. Pläne, wie ich Robert am besten aus dem Weg gehen könnte.

Sollte ich auf die Wanderungen verzichten und die Gruppe alleine losziehen lassen? Nein, das kam gar nicht infrage. Ich hatte schließlich auch die Wanderungen bezahlt! Soll doch Robert im Hotel bleiben!

Das würde er niemals machen, überlegte ich weiter, es sei denn, er wäre krank. Vielleicht vertrug er das zugige, wechselhafte Irland-Wetter nicht und Grippeviren lauerten schließlich überall. Aber Robert hatte einen ausgesprochen gesunden Eindruck gemacht und die Inkubationszeit von grippalen Infekten konnte bis zu einer Woche betragen – bis dahin waren wir ja schon fast wieder zuhause.

In Gedanken versunken drehte ich das Wasser ab und verließ die Dusche. Da hörte ich an der Wand zum Nebenzimmer ein deutliches Klopfen. Robert war wohl auch im Bad und meinte, er müsse mir ein freundschaftliches Lebenszeichen morsen. Ich schnaubte schon wieder.

„Soll er doch unter der Dusche ausrutschen und sich ein Bein brechen", dachte ich. „Oder besser gleich das Genick!"

Aufgetakelt wie eine Diva erschien ich schließlich im Speisesaal. Unserer Gruppe waren mehrere Tische zugeteilt worden, an denen bereits ein paar Frauen saßen. Robert sah ich nirgends. Unschlüssig blieb ich im Eingangsbereich stehen und überlegte mir, zu wem ich mich setzen wollte. An einem Vierertisch saßen zwei sehr sympathisch aussehende Frauen, aber wenn ich mich zu ihnen gesetzt hätte, wäre noch ein Platz übrig gewesen. Den hätte sich dann möglicherweise Robert geangelt, der zwischenzeitlich ebenfalls aufgetaucht war und jetzt hinter mir stand, bereit, mir an jeden Tisch zu folgen.

Da wurden wir plötzlich von der Reiseleiterin überholt, die auf einen Sechsertisch zusteuerte, an dem noch zwei Plätze frei waren. Ich spurtete ihr hinterher und setzte mich mit Karacho auf den letzten freien Stuhl an diesem Tisch. Geschafft!

Ich grinste zu Robert zurück, der ebenfalls losgespurtet, aber nicht schnell genug gewesen war. Nun drehte sich auch Anita um und sah Robert.

„Ach, da ist ja Ihr Mann!", sagte sie liebenswürdig. „Da lasse ich ihm doch besser meinen Platz, ich kann mich auch woanders hinsetzen. Sie wollen ja sicher beieinander sein!"

„Nein", rief ich, „es ist nur mein Ex-Mann", aber Anita ließ meinen Einwand nicht gelten.

Sie winkte Robert an den Tisch und setzte sich nun zu den zwei Frauen an dem Vierertisch. Am liebsten wäre ich ihr nachgeschlichen, aber jetzt traute ich mich nicht mehr. Resigniert sah ich stattdessen zu, wie Robert sich neben mich setzte und nach und nach mit allen Frauen am Tisch bekannt machte. Jede einzelne von ihnen verfiel sofort in den Balzmodus. Sie reckten ihre Brüste, reichten ihm das Salz, schenkten ihm Wasser ein und blickten ihm bei jeder sich bietenden Gelegenheit tief in die Augen. Es war zum Fremdschämen!

Robert war sichtlich gerne Hahn im Korb. Er verteilte Komplimente, lachte charmant und gab sich höchst begehrenswert. Keine Sekunde wäre man auf die Idee gekommen, dass man sich mit diesem Mann bis aufs Blut streiten könnte!

Kaum war der Nachtisch abgetragen, sprang ich auf und verabschiedete mich. Alle anderen am Tisch hatten beschlossen, noch in das hiesige Pub zu gehen, wo dem Reiseführer zufolge jeden Abend Livemusik stattfand. Ich hingegen hatte für heute genug. Schließlich war bereits für den nächsten Tag eine interessante Wanderung angesagt, da wollte ich fit sein!

Am nächsten Morgen erwachte ich erfrischt und bereit, allen Widrigkeiten dieses Urlaubs zu trotzen, selbst wenn sie Robert hießen. Am Frühstücksbuffet griff ich reichlich zu, schließlich sollte diese Mahlzeit bis zum Mittag vorhalten. Bis dahin gab es ein ordentliches Stück zu wandern: Auf dem Plan stand eine Teilstrecke des weit über die Grenzen Irlands hinaus bekannten Bluestack Way.

Robert war zunächst nirgends zu sehen. Ich hoffte, er wäre am Abend versackt oder in irgendwelchen Armen für immer versunken, aber meine Gebete wurden nicht erhört. Als ich zum Bus kam, stand er schon da und grinste mal wieder. Seine Arme hatte er übereinander gekreuzt und sein Blick glitt abschätzend an mir herab. Er lachte leise.

„Sag mal, du weißt aber schon, dass wir heute den Cloghmeen überqueren?", fragte er mit Spott in der Stimme.

„Doch, wieso?", fragte ich unschuldig und stieg in den Bus.

„Weil du Trekkingschuhe anhast", antwortete Robert dicht an meinen Fersen. „Du wirst im Moor versinken."

Ich starrte nach unten auf meine Schuhe. Dann sah ich auf Roberts Schuhe, dann auf die Schuhe der anderen Frauen. Sie alle trugen knöchelhohe

Wanderschuhe. Zu dumm! So etwas besaß ich gar nicht!

Es ging an diesem Tag acht Kilometer lang auf und ab, wobei sich meine Laufschuhe bestens bewährten. Dann standen wir vor dem Cloghmeen Hill und noch immer war alles bestens. Wer jetzt nicht mit auf den Berg wollte, durfte von hier aus mit dem Bus weiterfahren. Fünf von vierzehn Mitreisenden nahmen diese Gelegenheit wahr.

„Steig in den Bus!", riet mir mein Ex. „Das sind über 400 Höhenmeter in Form von glitschigem Hochmoor. Keiner weiß, wie da oben das Wetter ist. Das ist nichts für dich!"

Das wollen wir doch mal sehen!, dachte ich und presste meine Lippen aufeinander. Natürlich wäre ich lieber in den Bus gestiegen, aber nach dieser Ansprache konnte ich mir so eine Blöße keinesfalls geben. Und außerdem sah dieser Cloghmeen Hill von unten ganz harmlos aus.

So begannen wir im Gänsemarsch an Pflöcken entlang den Aufstieg, Reiseleiterin Anita allen voraus. Ich setzte einen Fuß vor den anderen, ohne mich beirren zu lassen und als ich nach einer Weile nach oben sah, erkannte ich schon den Berggipfel.

Patsch! Schon war mein Fuß abgerutscht und im schmutzigen Hochmoor gelandet. Schnell zog ich ihn zurück, aber es war zu spät: In Sekundenschnelle hatte sich mein Schuh samt Strumpf mit der braunen Brühe vollgesogen. Ich ignorierte das Malheur und tappte weiter. Das Ziel war schließlich nah.

Doch als ich oben ankam, erkannte ich, dass ich einer optischen Täuschung erlegen war: Der Berg türmte sich in mehreren Etappen vor uns auf und von unten konnte man immer nur die jeweils nächste Etappe erkennen. Bislang hatten wir erst ein kleines Stück des Berges erklommen, aber ich war schon außer Atem und hatte nasse Füße. Denn Schritt für Schritt gab der Bewuchs unter meinen Füßen mehr und mehr nach und gab dabei braune Soße frei, die in meine Schuhe schwappte.

Zu dumm, dass es mit jedem Höhenmeter auch noch immer kälter und windiger wurde. Ich hielt an, um meine Jackenreserve aus dem Rucksack zu nehmen und überzuziehen. Obwohl es Sommer war, wünschte ich, ich hätte mir Handschuhe eingepackt. Der Wind riss an meinen Kleidern und peitschte mir die Haare ins Gesicht. Ich hätte liebend gerne meinen Aufstieg abgebrochen, aber das ging nicht. Hier gab es keine Straße, auf der ein Taxi hätte fahren und mich holen können. Hier gab es nur Pflöcke, die den Weg markierten und zwei Optionen: entweder weiter nach oben zu gehen oder wieder nach unten.

Zähneknirschend stapfte ich weiter.

Robert, das muss man ihm lassen, war ganz reizend. Er sagte kein Wort über meine versauten Schuhe, sondern half mir über die schlimmsten Pfützen und Moorgruben. Immer wenn es beim Aufstieg knifflig wurde, hielt er mir die Hand hin. Und als ich trotzdem einmal abrutschte, fiel ich direkt in seine Arme.

Man hätte jetzt behaupten können, Robert habe das so gewollt. Aber er war selbst außer Puste und hatte seine Mühe mit dem steilen Aufstieg – trotz seiner todschicken Wanderschuhe, die jetzt übrigens auch schon bis zum Schaft nass waren. Als ich ausrutschte und in seine Arme fiel, kam auch er ins Straucheln und wir kippten beide um. Er landete dabei mit seinem Hintern im weichen Sumpfpflanzenteppich und ich mit meinem Hintern auf ihm!

Anita lachte als erste. Dann lachten alle. Ich errötete. Robert grinste. Dann rappelte ich mich auf und ging weiter, als wäre nichts geschehen.

Als wir eine Stunde später oben auf dem Gipfel ankamen, wurden wir statt mit einer prachtvollen Aussicht mit Sturm und peitschendem Regen belohnt. Ein paar Unerschrockene machten Fotos, während ich von einer heißen Suppe an einem windstillen Ort träumte. Dabei dämmerte mir langsam, was für eine Art Urlaub ich da gebucht hatte. Aber da musst du jetzt durch, dachte ich mir beim Abstieg, in dessen Verlauf auch das Wetter wieder auflockerte.

Natürlich spielte Robert bei diesem Abendessen erneut den Hahn im Korb, obwohl das Gegacker um ihn herum deutlich leiser geworden war. Die Frauen hatten bemerkt, wem Roberts Aufmerksamkeit in Wirklichkeit galt und ich muss zugeben, ich fühlte mich geschmeichelt. Dennoch ging ich auch nach diesem Essen wieder schnurstracks in mein Einzelzimmer. Meine Schuhe mussten gesäubert und vor allem getrocknet werden. Und ich musste nachdenken.

Nachdem ich die Schuhe gereinigt und mit zerknülltem Zeitungspapier vollgestopft unter die Heizung gestellt hatte, setzte ich mich auf mein Bett und dachte so lange über meine aktuelle Situation nach, bis ich feststellte, dass es eigentlich nichts gab, worüber ich hätte nachdenken müssen. Alles, was es über mich und Robert zu denken gab, war bereits gedacht worden. Wir hatten uns ausgesprochen und getrennt, hatten eine kostspielige Scheidung hinter uns gebracht und waren in unterschiedliche Ecken der Stadt gezogen.

Ich hatte in dieser Zeit unendlich gelitten. Wie die meisten anderen Menschen hatte auch ich einmal an „und bis der Tod uns scheidet" geglaubt und mich wie eine Versagerin gefühlt, als Robert und ich uns trennten. Ich war traurig gewesen, wütend, verzweifelt, verunsichert, gekränkt, deprimiert und voller Zukunftsängste. Dazu kam die ungewohnte Einsamkeit und ich war wohl tausend Mal versucht gewesen, seine Nummer zu wählen, wenn ich mich besonders einsam fühlte.

Aber ich hatte diese Zeit durchgestanden und war stärker geworden, reifer. Ich hatte wieder den Mut, in die Zukunft zu blicken und war bereit, neue Dinge anzugehen. Eine neue Art Urlaub, eine neue Art der Beziehung.

Auf keinen Fall wollte ich die Uhr zurückdrehen und wieder von vorne anfangen, zumindest nicht mit Robert. Das war mir klar. Aber das musste ich anscheinend auch Robert noch einmal klar machen!

Wie gut, dass es ausgerechnet in diesem Moment an meiner Tür klopfte.

„Antonia, ich bin es", sagte Robert und an seinem Tonfall hörte ich, dass er wohl schon ein Guinness zu viel intus hatte.

Gelassen ging ich zur Tür und öffnete sie.

„Komm herein, wir müssen reden", sagte ich zur Begrüßung.

„Wie, so ernst?", fragte er und zwinkerte mich an.

Er sah hinreißend aus. Ganz mein Fall, wie ich schon sagte. Aber ich blieb unbeeindruckt.

„Ja, Robert, so ernst", bestätigte ich und zeigte mit einer Handbewegung auf den Sessel in meinem Zimmer. Robert setzt sich brav.

„Was machst du hier?", fragte ich ihn als erstes.

„Na, Urlaub!", antwortete er verschmitzt, aber das ließ ich nicht gelten.

„Hier sagen sich Fuchs und Hase gute Nacht, seit wann machst du freiwillig in solchen Gegenden Urlaub?"

„Nun, ich wollte einmal etwas anderes erleben!", antwortete er noch immer im leichten Plauderton.

„Nein", antwortete ich, „ICH wollte einmal etwas anderes erleben und du hast das erfahren. Gib es zu, Sabine hat dir mein Urlaubsziel gesteckt!"

Robert schluckte. Dann nickte er.

„Gut", antwortete ich und schwor mir, nach meiner Rückkehr ein ernstes Wörtchen mit meiner Exfreundin Sabine zu wechseln. „Und nun frage ich dich nochmal: Was machst du hier?"

Robert kam jetzt sichtlich in Erklärungsnöte. Er druckste eine Weile herum, während ich ihn unerbittlich ansah.

„Ich dachte, du bist Single, ich bin Single, wir haben uns im Urlaub immer gut verstanden ...", stammelte er schließlich.

„Und du dachtest, auch nach einer Scheidung könne man da einfach daran anknüpfen?" Ich hatte mir so etwas schon gedacht, war aber trotzdem fassungslos.

Robert zuckte mit den Schultern und lächelte ein kleines Entschuldigungslächeln. Ich hätte es niedlich gefunden, wenn ich es nicht schon so gut gekannt hätte.

„Hör zu", sagte ich zu ihm. „Du bist Single, ich bin Single, das ist richtig. Hier gibt es einige Frauen, die sich auch einmal gerne gut mit dir verstehen möchten. Aber ich gehöre nicht dazu, hast du mich verstanden? Ich habe alle Gefühle, die zu einer Trennung gehören, aufgearbeitet und werde jetzt nicht noch einmal etwas mit dir anfangen. Weißt du nicht mehr? Wir steckten in einem Teufelskreis und jetzt sind wir endlich draußen. In meinem Leben gibt es wieder so etwas wie Ruhe und Frieden! Was mich anbelangt, so werde ich mich jedenfalls nicht wieder auf dich einlassen!"

„Auch nicht so ein klitzekleines Bisschen?", fragte Robert, der anscheinend noch immer einen sitzen hatte.

„Nein, kein kleines Bisschen! Zwischen uns ist nichts mehr!", beharrte ich.

Robert straffte sich und wirkte plötzlich ernüchtert.

„Können wir nicht – Freunde sein?", fragte er.

„Wir waren noch nie richtig gute Freunde", antwortete ich skeptisch.

„Na, das wäre dann doch auch einmal etwas Neues", antwortete er lächelnd und stand auf. „Gute Nacht, Antonia, schlaf gut", sagte er zum Abschied.

Danach schlief ich wirklich gut.

Am nächsten Morgen kaufte ich mir in Donegal richtige Wanderschuhe und Blasenpflaster. Beides konnte ich die kommende Woche noch gut gebrauchen.

Robert hatte sich meine Ansprache wohl zu Herzen genommen, denn er war zwar freundlich, ging mir aber aus dem Weg. Ich setzte mich am Abend an einen anderen Tisch und sah von der Ferne, wie die Frauen wieder begannen, sich um Robert zu bemühen. Sollten sie.

Ich war mir erst einmal selbst genug und außerdem hatte ich mich ja schließlich verliebt: in Irland, in die Grafschaft Donegal, in das satte Grün der Hochmoore, in die Berge, Klippen und Strände, die ich alle in diesem Urlaub noch kennenlernen sollte.

Diese Liebe, das wusste ich sofort, würde mich den Rest meines Lebens begleiten.

In der ersten Morgenhitze

zeugt ein vertrockneter Wurm

vom gestrigen Gewitter.

Der Beschluss

Es war schon dunkel, als die Richterin an diesem Mittwoch nach Hause kam. Ihre Hände zitterten, als sie die Eingangstür ihres Einfamilienhauses aufschloss. Müde schob sie sich in den Flur und streifte ihre Schuhe ab, wobei sie sich mit einer Hand an der Garderobe festhielt. Es war vollbracht. Wochenlang hatte sie an diesem Beschluss gearbeitet und immer wieder mit ihren Senatskollegen den Sachverhalt diskutiert, aber jetzt war es beschlossen und verkündet. Dr. Antje Meisner schlüpfte in ihre grauen Filzpantoffeln und schleppte sich ins Wohnzimmer. Sie war so müde! Die Last, diesen Fall juristisch abschließen zu müssen, hatte sich wie Blei auf ihre Schultern gelegt und war selbst mit der Beschlussverkündung nicht von ihr abgefallen. Die Richterin setzte sich auf ihr Sofa und schloss die Augen. Sie würde sich den Rest der Woche freinehmen.

Die Stille des Hauses beruhigte und kräftigte sie gleichermaßen. Antje lehnte sich zurück und begann, sich zu entspannen.

Es verging jedoch kaum eine Viertelstunde, als sie vom Flur her Pfennigabsätze auf Terrazzo klappern hörte. Die Richterin lächelte, ohne die Augen zu öffnen. Es war schließlich nicht jedem gegeben, sich leise fortzubewegen. Sigrun, ihre Lebensgefährtin, war deutlich hörbar im Anmarsch.

Womöglich mit etwas auf dem Herzen, wie das Absatz-Stakkato befürchten ließ. Nun denn, dachte die Richterin und zählte die letzten Sekunden ihrer Muße, während Schlüssel in der Tür klirrten und die Pfennigabsatzschuhe geräuschvoll auf Parkett landeten.

„Langen Tag gehabt?", fragte Sigrun statt einer Begrüßung, als sie ihre Freundin mit geschlossenen Augen auf dem Sofa sitzen sah. Die Worte sollten mitfühlend klingen, aber die Richterin hörte auch eine Prise verhaltene Aggressivität.

„Mmmmh", bestätigte sie und hob träge ihre Lider.

„Der Fall, der gerade in den Nachrichten verkündet wird?", fragte Sigrun und kam auf Nylonstrümpfen näher.

„Mmmmh", bestätigte die Ehrenwerte abermals und hoffte auf einen Begrüßungskuss.

„Also, wenn es schon in den Nachrichten kommt, dann kannst du auch mit mir darüber sprechen", forderte Sigrun.

Erneutes bestätigendes Brummen.

„War das *dein* Urteil?", fragte Sigrun und ihre Stimme hatte plötzlich etwas Scharfes.

Die Richterin nickte und setzte sich auf. „Beschluss. Nicht Urteil. Diskutiert und abgesegnet vom ganzen Senat", fügte sie hinzu.

„Ich fasse es nicht!", fuhr Sigrun sie an. „Da hattest du die Chance, diese Frau zu retten und was tust du? Schickst die Sache zurück an das Landgericht! Verlängerst ihr Leiden!"

„Bitte, Sigrun", flüsterte die Richterin. „Ich möchte jetzt nicht streiten …"

„Du kannst nicht Richterin am obersten Gerichtshof sein, wenn du deine Beschlüsse und Urteile nicht vertreten kannst!", zischte Sigrun.

Jetzt war die Richterin hellwach. „Wer am obersten Gerichtshof sitzt, bestimmst Gott sei Dank nicht du!", zischte sie zurück. „Und natürlich kann ich meine Beschlüsse und Urteile vertreten. Aber wieso denn vor dir?"

„Wieso nicht vor mir?" Sigrun schäumte bereits vor Wut. „Was andere von dir denken, kann dir egal sein, aber was ich denke, sollte dir etwas bedeuten!"

„Das tut es doch auch. Aber ich weiß, dass wir in Sachen ‚Leben', ‚Behandlungsoptionen' und ‚medizinische Möglichkeiten' schon immer völlig unterschiedlicher Meinung waren", versuchte die Richterin zu besänftigen. Die Hoffnung auf einen Kuss zur Begrüßung hatte sie bereits aufgegeben. Aber nicht die auf einen friedlichen Abend. Deshalb gab sie nach: „Also gut, ich kann mein Urteil natürlich auch vor dir rechtfertigen, aber ich sage dir gleich: Das muss ich nicht. Es ist juristisch hieb- und stichfest. Dem Rest der Welt reicht das." Antje straffte ihren Körper und setzte sich auf.

Sigrun setzte sich ihr gegenüber auf einen Sessel, den Körper genauso angespannt: „Wenn ich das richtig verstanden habe, ging es um eine jetzt 77-jährige Frau, die vor fast zehn Jahren einen schweren Schlaganfall erlitten hat. Seitdem liegt sie im Koma."

„In einem Wachkoma", berichtigte die Richterin ihre Lebensgefährtin.

„Was macht das für einen Unterschied?", fragte Sigrun verblüfft.

„Das ist ein Punkt, weshalb wir den Fall wieder an das Landgericht zurückgegeben haben. Es ist nicht geklärt, ob noch Aussicht darauf besteht, dass die Patientin ihr Bewusstsein wiedererlangt."

„Nach zehn langen Jahren? Dass ich nicht lache!", schnaubte Sigrun.

„Das ist ein Punkt, der einfach noch geklärt werden muss. Einer von mehreren. Erst dann kann ein vernünftiges Urteil gesprochen werden. Und das ist Sache des Landgerichts!"

„Lass mich das noch einmal zusammenfassen", sagte Sigrun mit zynischem Unterton. „Vor neunzehn Jahren hat die Frau eine Patientenverfügung erstellt. Und das zu einem Zeitpunkt, als

noch kaum jemand daran dachte, derart vorzu-
sorgen und als noch nicht klar war, wie ausführ-
lich und konkret eine solche Verfügung sein muss,
damit sie überhaupt jemals berücksichtigt wird.
Das scheint ihr also sehr wichtig gewesen zu sein.
Knapp zehn Jahre später erleidet sie einen schweren Schlaganfall, aus dem sie kurzzeitig wieder
das Bewusstsein erlangt und zur Pflegerin sagt:
„Ich möchte sterben". Doch stattdessen ..."

„Du bist gut informiert", unterbrach die Richterin
ihre Lebensgefährtin. „Woher kennst du diese
Details?"

„Aus der Urteilsbegründung!", schnaubte Sigrun.
„Ich habe sie noch im Auto abgerufen und gelesen."

„Es ist keine Urteilsbegründung, es ist ein Beschluss", widersprach die Richterin mechanisch.
Es war schwer, Nicht-Juristen diese Feinheiten
beizubringen, aber Sigrun hätte den Unterschied
längst kennen müssen. Dieses Streitgespräch
würde wohl noch eine Weile dauern und mit einer Niederlage enden. Vermutlich für beide. Mit
der Ruhe war es jedenfalls für heute Abend vorbei, das war Antje klar. Sie seufzte erneut.

„Doch stattdessen ...", nahm Sigrun den Faden
wieder auf, „wird die Frau über eine Magensonde
künstlich ernährt. Nun kämpft seit fünf Jahren ihr
Sohn dafür, dass diese künstliche Ernährung ein-

gestellt wird. Als Begründung gibt er die Patientenverfügung an, in der steht, dass lebensverlängernde Maßnahmen zu unterbleiben haben, wenn keine Aussicht auf Verbesserung ihres Zustands besteht."

„Das war jetzt grob verkürzt", warf die Richterin ein. „Es gab da auch den Abschnitt, dass die lebensverlängernden Maßnahmen zu unter-bleiben haben, wenn keine Aussicht auf Wiedererlangung des Bewusstseins besteht. Und theoretisch besteht diese Aussicht ja noch."

Es war eine Sekunde lang still. Sigrun schien der Wind aus den Segeln genommen. Doch dann sagte sie mit beißendem Gift: „Was für eine juristische Kacke ihr da wieder verzapft habt. Ich fasse es nicht. Fast zehn Jahre liegt die Frau hilflos da und wird von ihrem Mann gewaschen, gekämmt und ich möchte gar nicht wissen, was sonst noch alles. Und ihr erwachsener Sohn kämpft seit fünf Jahren auf verlorenem Posten für den würdevollen, friedlichen Tod, den sich seine Mutter gewünscht hat und von dem sie glaubte, dass sie ihn sich mit der Verfügung rechtlich gesichert hat. Und nur weil der Ehemann behauptet, er habe nie ein innigeres Verhältnis zu ihr gehabt, sind alle Richter zu weich, um für ihren Tod zu stimmen!"

„Es geht nicht um hart oder weich, wir haben einfach nicht das Recht dazu", versuchte sich die Richterin zu verteidigen. „Diese alte Patientenverfügung lässt sich so und so auslegen! Auf der

44

einen Seite wollte die Patientin keine lebensver-längernden Maßnahmen, auf der anderen Seite lehnte sie aktive Sterbehilfe ab. Aber ist nicht das Entfernen einer Ernährungssonde aktive Sterbe-hilfe?"

„Auch das ist juristische Kacke", giftete Sigrun weiter. „Der Sohn ist der Betreuer der Patientin, stimmts?"

Die Richterin nickte.

„Warum darf er dann nicht bestimmen?"

„Weil es einen Ersatzbetreuer gibt: Das ist der Ehemann."

„Und beide ziehen jetzt am Leben dieser Patien-tin!", klagte Sigrun. „Aber was heißt schon ‚Le-ben'. Sie ziehen am Siechtum dieser Frau. Seit fast zehn Jahren liegt diese Frau da und kann sich nicht dagegen wehren, dass ihr Ehemann sie pflegt. Der Mann, der ihre Verfügung und damit ihre Wünsche ignoriert. Der sie und ihre Wün-sche verrät und, wenn du mich fragst, ihre Liebe pervertiert."

Die Richterin lächelte. „Ist es das, was dich daran so aufregt?"

Sigrun hielt inne.

Antje sah, wie der Zorn ihrer Freundin ver-dampfte. Sie kannte sie so gut! Eine Welle tiefster Zuneigung durchströmte sie.

Sanft fuhr sie fort: „Wir wissen nicht, was dort im Haus der Patientin vor sich geht. Wir haben auch unsere Phantasien, aber denen dürfen wir nicht nachgeben. Wir müssen genau prüfen, bevor wir etwas entscheiden. Ich fand, das Landgericht hat nicht genug Dinge geprüft und abgeklärt, daher habe ich den Fall dorthin zurückgegeben. Du siehst nur den Verrat."

Sigrun sah auf und schaute ihre Freundin an. „Zehn Jahre ...", flüsterte sie. „Zehn Jahre liegst du da und bist jemandem auf Gedeih und Verderb ausgeliefert. Es mag dein Ehemann sein und es mag auch sein, dass du ihn immer geliebt hast, aber zehn Jahre? Und das, obwohl er genau weiß, dass du alles getan hast, um genau diese Situation zu verhindern ...".

„Nein, nicht genau diese Situation", widersprach die Richterin. „Ähnliche Situationen, aber nicht diese."

„Juristische Wortklauberei! Als wäre die eigene medizinische Biographie voraussehbar!", ereiferte sich Sigrun erneut.

„Ist sie natürlich nicht. Darauf habe ich in meinem Beschluss auch fast wortwörtlich hingewiesen", verteidigte sich die Richterin und hoffte, das Gespräch nun doch noch versöhnlich ausklingen lassen zu können. „Es müssen einfach noch Dinge geprüft werden ...".

„Ja, ob du nun zehn oder elf Jahre da so hilflos liegst, was macht das schon aus", murmelte Sigrun vor sich hin. Dann sah sie auf und sah ihrer Freundin direkt ins Gesicht. „Würdest du mich in dieser Situation gehen lassen?"

Die Richterin schloss die Augen. Hunderte, nein, Tausende Male hatte sie sich in den letzten Tagen und Wochen diese Frage gestellt. Was wäre, wenn es ihre Liebste getroffen hätte? Was, wenn auch deren Patientenverfügung wachsweich gewesen wäre? Hätte sie die Vollzeitpflege übernommen, wie dieser Ehemann es getan hatte? Hätte sie das zehn Jahre lang durchgezogen? Allen Schwierigkeiten zum Trotz?

„Würdest du mich gehen lassen?", fragte Sigrun noch einmal, eindringlich, schneidend.

Niemals, dachte die Richterin, sagte aber nichts.

„Ich würde jedenfalls lieber sterben wollen", stellte Sigrun klar, „und das gleich in der ersten Woche!"

Das glaubst du jetzt, dachte die Richterin, aber das kannst du nicht wissen. Wir können Situationen erst wirklich beurteilen, wenn wir selbst drinstecken. In meiner Obhut wirst du nicht sterben wollen, da bin ich mir sicher, dachte sie weiter und gleichzeitig erinnerte sie sich daran, dass auch der Ehemann dieser unglücklichen Patientin so argumentiert hatte. „Was würdest du denn tun, wenn **ich** hier so liegen würde?", stellte sie schließlich die Gegenfrage.

Sigrun sah ihre Lebensgefährtin an und wurde ganz still, während sich ihre Augen langsam mit Tränen füllten. Sie schluckte hart. Dann öffnete sie den Mund, als wolle sie etwas sagen, brachte aber kein Wort hervor.

„Lass es gut sein, mein Schatz", sagte die Richterin besänftigend. „Ich möchte jetzt wirklich keinen Streit."

Alles offen

Wie ich dieses weite Feld hasse,

das mir so wenig Möglichkeiten gibt

und doch so viel.

Wie ich das Vage hasse,

das Fünfzig-, Siebzig-, Neunzigprozentige.

Die Labyrinthe der Chancen,

Gedanken, Durchspielmöglichkeiten.

Nur die klare Entscheidung

bringt weiter.

Aber nur ein Stück.

Christine im Spiegel

An einem meiner guten Tage hatte ich diese Begegnung mit ihr. Strahlend lächelnd unterhielt sie sich auf einer Party, hielt Hof. Es gelang mir, ihr meine Visitenkarte aufzudrängen und das Versprechen abzuringen, tatsächlich anzurufen.

An einem meiner schlechteren Tage tat sie es und sprach mit meinem AB.

Ich lehnte im Türrahmen meines Arbeitszimmers und sah meinem Anrufbeantworter dabei zu, wie er ihre Nachricht aufnahm. „Mein Gott, woran leidest du nur so?", fragte sie ihn und er gab ihre Frage unkommentiert an mich weiter. Meine Hände hielten zwischen Ohren und Schläfen meinen Kopf zusammen, während ich über ihre Frage nachdachte. Und darüber, wie sie wohl darauf gekommen war, sie stellen zu müssen.

Seit der Party waren keine zehn Tage vergangen und wir hatten einige wenige SMS gewechselt. Mit der letzten hatte ich vor zwei Minuten das Treffen mit ihr abgesagt, auf das ich mich schon seit Tagen gefreut hatte. Mir war klar, dass dieses Treffen mein Leben verändern könnte, aber ich war noch nicht bereit dazu.

An einem meiner mittelprächtigen Tage liefen wir uns dann doch wieder über den Weg. Sie schenkte mir ihr strahlendes Lächeln und ich sah in ihre Augen wie in einen Spiegel. Um ihr rechtes, zartes Handgelenk war eine lange bunte Kette bandagengleich gewickelt, als könnte sie es stärken. Dennoch zitterten ihre Hände sichtlich, wenn sie nach ihrem Glas fasste. Als sie meinen Blick auf ihren Händen bemerkte, erfasste das Zittern ihren ganzen Körper. Mehr im Reflex nahm ich sie in den Arm, als könne ich sie mit meinem Körper vor der Welt, der Liebe und vor mir schützen. Sie war zu überrascht, um sich zu wehren, ergab sich und fing an zu schluchzen.

In meiner Umarmung brachen ihre Dämme. Ich vergrub unterdessen mein Gesicht in ihrem dunklen Haar, während meine Hände über die wenige alabasterfarbene Haut strichen, die ihre Kleidung freigab. Ich spürte ihren Herzschlag an meiner Brust wie Flügelschläge eines Kolibris. In meinen Armen lag, unfassbar, ein Mensch, dünnhäutiger, sensibler und noch furchtsamer als ich.

An einem meiner guten Tage, bei Licht und ohne Tränen, zeigte sie sich auch ungleich tapferer als ich und versuchte, sich mir rückhaltlos zu schenken. Huldvoll nahm sie die Versuche meiner Hände hin, ihrer Zartheit gerecht zu werden. Ich kam nur bis zum Bauchnabel, wo meine Fingerspitzen unter der gespannten Bauchdecke ein sanftes Flattern wahrnahmen.

Ich kannte diese Angst gut. Ich zog meine Hände zurück und ließ von Christine ab.

An einem schlechten Tage erfuhr ich, dass ich mich von der Angst hatte täuschen lassen. Es war Lust gewesen, die sie beben ließ, Schmetterlinge in ihrem Bauchraum und die vermeintliche Angst nur eine Projektion meiner eigenen. Doch die Chance war vertan.

An keinem Tag mehr …

In der Nacht

Schlaflos im schwarzen Nichts

Zwillingszweifel gebären Mehrlinge

Kein Bote bringt gute Nachrichten.

Herz-Dame

„Du wolltest mich noch sprechen, bevor ich wieder abreise?", fragte mich meine Tochter Nina, als ich an diesem Sonntagnachmittag an meinem Schreibtisch saß.

„Ja", antwortete ich, „ich brauche deine Hilfe. Ich plane gerade die Diamantene Hochzeitsfeier deiner Großeltern und habe einen Programmpunkt geplant, den ich gerne mit deiner Hilfe umsetzen möchte."

„Was soll ich machen?", fragte meine Tochter sofort.

So kannte ich Nina: aufgeschlossen und hilfsbereit. „Ich dachte da, du könntest mit den anderen Familienmitgliedern so eine Art Sketch einüben. Deine Großeltern haben sich auf so romantische Weise kennen- und lieben gelernt, dass wir das doch einfach auf einer Bühne nachinszenieren könnten."

„Wow, tolle Idee. Und ich schreibe auch gerne das Drehbuch für diesen Sketch", bot Nina an, die an der Filmakademie in Ludwigsburg studierte. „Aber leider kenne ich den Inhalt gar nicht!"

„Wie?", fragte ich verblüfft. „Du kennst die Liebesgeschichte deiner Großeltern nicht?"

„Nicht dass ich wüsste", antwortete Nina.

„Na, dann muss ich sie dir ja unbedingt erst einmal haarklein erzählen!", lachte ich und begann: „Also, es war im Jahr 1956 und dein Großvater Franz war ein fescher Student der Technischen Hochschule in Aachen. Und wie es damals üblich war, war er auch Mitglied einer Burschenschaft."

„Einer Burschenschaft?" Nina sah mich fassungslos an.

„Damals war das noch etwas ganz anderes als heute", beschwichtigte ich sie. „Es hatte früher nicht unbedingt etwas Politisches und dein Großvater war auch in keiner schlagenden Verbindung. Eine Burschenschaft war daher eine gute Möglichkeit, Kommilitonen kennenzulernen und mit ihnen etwas zu unternehmen. Viele stammten aus guten Familien, die man dann ebenfalls kennenlernte und zu denen man Kontakte knüpfen konnte. Es gab damals ja kein Internet und kein allseits verfügbares Telefon. Heute nennt man es ,networking', aber damals war man einfach Mitglied in einer Burschenschaft. Ganz nebenbei lernte man auf diesem Weg auch Frauen kennen, die ja damals an den Universitäten nicht vertreten waren – zumindest nicht an einer technischen Universität."

„Wie konnte man in einer Burschenschaft Frauen kennenlernen?", fragte Nina erstaunt. „Ich dachte, das waren meist reine Männerbünde."

„Da hast du völlig recht", bestätigte ich meine Tochter. „Aber wenn Feste oder sogar Bälle stattfanden, bekam jedes Burschenschafts-mitglied eine Coleurdame an die Seite gestellt. Das waren dann die Schwestern oder Cousinen anderer Burschenschaftsmitglieder. Um seine Coleurdame musste sich der Mann dann den Abend über kümmern und sich ihr stets höflich und ritterlich gegenüber verhalten. So manche Ehe ist über die Vermittlung einer Coleurdame entstanden und das war wohl auch der tiefere Sinn und Zweck dieses Brauchs."

Nina lachte. „Und Oma wurde Opa als Coleurdame zugeteilt?"

„Nein, ein wenig komplizierter war es schon", schmunzelte ich und erzählte weiter. „Es war an Weiberfastnacht. Du weißt, das ist der Donnerstag vor Rosenmontag. Da gab es an der Universität einen großen Architektenball, an dem natürlich auch alle Burschenschaftsmitglieder teilnahmen. Deine Großmutter Inge war von ihrem Bruder, also deinem Großonkel Max, als Coleurdame mitgebracht worden und stand noch mit ihrer Freundin Erna und ihrem Bruder im Eingangsbereich des Hauses, in dem der Ball stattfand. Da sah dein Großvater sie zum ersten Mal."

„Und verliebte sich sofort in sie?", fragte meine Tochter aufgeregt.

„Vermutlich", antwortete ich schmunzelnd. „Aber vielleicht erkannte er sie da auch nur."

„Wieso?", fragte meine Tochter verwirrt. „Ich denke, er hat sie da zum ersten Mal gesehen?! Wie konnte er sie da erkennen?"

„Ihm war am Vormittag etwas Merkwürdiges passiert. Er hatte sich eine Schachtel Zigaretten gekauft …"

„Wie?", unterbrach mich Nina. „Opa hat mal geraucht?"

„Als junger Mann, ja, ein wenig", gab ich zu. „Es war zumindest üblich, dass man Zigaretten dabei hatte, wenn man auf einen Ball ging. Man konnte seinen Gesprächspartnern eine Zigarette anbieten und kam so schneller ins Gespräch mit den anderen. Also hat sich dein Opa am Morgen noch eine Schachtel besorgt."

„Was haben nun die Zigaretten mit Oma zu tun?", fragte Nina verwundert.

„Nun, damals lag in den Zigarettenschachteln immer noch ein kleines Geschenk", erklärte ich. „Entweder eine gestickte Blume, die man irgendwo aufnähen konnte oder eine Spielkarte. Und als dein Opa seine Zigarettenschachtel öffnete, da fiel ihm eine kleine Spielkarte entgegen. Es war die ‚Herz-Dame'. Dein Opa hat mir einmal erzählt, sein Herz hätte damals einen Moment lang aufgehört zu schlagen und er hätte sofort gewusst, dass er heute seine Herzdame kennenlernen würde!"

„Ach, echt?", fragte Nina verwundert. „Wie kam er denn da drauf? Er ist doch sonst nicht so romantisch."

„Nein", gab ich zu, „aber an diesem Morgen war er sich einfach irgendwie sicher. Und als er dann am Abend deine Oma sah, wusste er: Das ist sie! Es war allerdings nicht ganz so einfach, sich mit einer fremden Frau bekannt zu machen. Zum Glück kannte er Erna und ging mit ein paar Freunden auf sie zu, um sie zu begrüßen. Dabei wurde er natürlich auch deiner Großmutter vorgestellt. Als dann ihr Bruder von der Garderobe zurück kam, wäre es eigentlich höflich gewesen, sich wieder zurückzuziehen und die anderen taten das auch, aber dein Opa blieb den ganzen Abend bei den Dreien, als gehöre er schon immer zu ihnen."

„Hatte er selbst keine Kulördame oder wie das heißt dabei?", fragte Nina neugierig.

„Coleurdame", korrigierte ich sie gutmütig. „Nein, hatte er nicht. Stattdessen tanzte er den ganzen Abend nur mit deiner Großmutter!"

„Und dann … haben sie sich geküsst?", fragte Nina grinsend, die es ganz offensichtlich genoss, sich ihre Großeltern bei einem ersten Kuss auf einem Ball vorzustellen.

„Ach, wo denkst du hin", winkte ich ab. „Damals ging das noch nicht so schnell wie heute. Aber an diesem Abend verliebten sich die beiden heftig ineinander. Als ihr Bruder dann nachts zum Aufbruch mahnte, war sich Inge sicher, ihren Franz bald wiederzusehen."

„Aber dann kam etwas dazwischen?" Nina war ganz atemlos vor Spannung.

„Nur dummes Gerede!", antwortete ich. „Inge war glücklich, bis ihr Erna auf dem Nachhauseweg erzählte, dass am kommenden Fastnachtssamstag erneut ein großer Ball stattfinden würde. Ob ihr Franz sie zu diesem Ball eingeladen hätte? Das hat ihr einen heftigen Stich gegeben, denn leider hatte Franz keinen Ton zu diesem Ball gesagt. Eben war sie noch heftig verliebt gewesen, aber jetzt wurde sie unsicher und sehr, sehr traurig. Offensichtlich wollte ihr neuer Galan sie wohl doch nicht so schnell wiedersehen, wie sie gehofft hatte. Ob sie sich in ihm getäuscht hatte? Deine Oma war sich ganz sicher, dass dein Opa auch auf diesen Ball tanzen gehen würde und war sehr enttäuscht, dass er sie nicht gefragt hatte, ob sie ihn begleite."

„Oh je", fühlte Nina mit. „Dann ist Großmutter an diesem Samstagabend ganz alleine zuhause geblieben und musste befürchten, dass sich ihre große Liebe gerade anderweitig amüsierte?"

„Nein, das blieb ihr Gott sei Dank erspart", lächelte ich. „Aber Franz war tatsächlich mit einer anderen Frau für diesen Samstagsball verabredet gewesen. Ihm war bereits vor ein paar Wochen eine Coleurdame zugeteilt worden, die Schwester eines Freundes. Und er konnte schlecht deine Großmutter zu einem Ball einladen, an dem er schon in Begleitung war."

„Also musste er diese Coleurdame loswerden!", stellte Nina entschieden fest.

„Ja, das war der Plan", schmunzelte ich. „Aber das war eigentlich gar nicht üblich und völlig unehrenhaft. Dein Opa nahm sich aber ein Herz und sprach mit seinem Freund über seine Situation. Dieser Freund war ebenfalls gerade sehr verliebt und konnte deinen Opa gut verstehen. Deshalb organisierte er einen anderen Begleiter für seine Schwester. Jetzt war Franz am Samstag frei und konnte seine Inge zum Ball einladen."

„Was er hoffentlich auch gemacht hat!"

„Ja, er ist noch gleich am Freitag zum Haus deiner Großmutter gefahren, hat dort geklingelt, nach Inge gefragt und sie gebeten, ihn am Samstag zu begleiten."

„Da ist unserer Oma bestimmt ein Stein vom Herz gefallen", vermutete Nina.

„Allerdings, und den Rest kennst du ja. Sie waren dann schnell verlobt und wenig später verheiratet – und sind nun seit sechzig Jahren glücklich miteinander."

„Stell dir vor", sagte Nina träumerisch, „was passiert wäre, wenn in dieser Zigarettenpackung nur ein Pik-As gelegen hätte. Dann gäbe es dich nicht und mich nicht!"

„Daran wollen wir gar nicht erst denken!", antwortete ich ihr. „Und, was ist, schreibst du dazu einen Sketch, übst ihn mit deiner Schwester und deinen Cousins ein und führst ihn am Tag der diamantenen Hochzeit mit ihnen auf? Deine Großeltern wären sicher sehr gerührt!"

„Aber ja, das mache ich", sagte Nina und stand auf. „Das mache ich sogar ganz bald, damit wir noch viel Zeit zum Üben haben!"

Frau K. (2)

„Was hat er, was ich nicht habe?"

„Meine uneingeschränkte Zuneigung."

***

„Was hat er, was ich nicht habe?"

„Wäre nicht: ‚Was hast du von ihm, was du nicht von mir bekommst?' die bessere Frage?"

***

„Also gut, was hast du von ihm, was du nicht von mir bekommst?"

„Seine uneingeschränkte Zuneigung!"

Die Sache mit der Käsesoße

„Bitte, Michael, du musst mir helfen!"

Martina ließ ihre großen blauen Augen wie ein kleines Mädchen kullern. Dabei war sie alles andere als klein: immerhin 1,78 Meter groß, 27 Jahre alt, eine erfolgreiche Kauffrau und seit kurzem sogar stolze Besitzerin einer eigenen Versicherungsagentur. Trotzdem: Im Moment fühlte sie sich wieder, wie sie sich früher als kleines Mädchen gefühlt hatte, wenn sie etwas haben wollte und nicht bekommen konnte.

Michael, ihr guter, alter Freund aus Kindertagen, nahm von den Kulleraugen scheinbar wenig Notiz. Und auch nicht von dem engen Stretchkleid, das Martina trug und das ihre hinreißende Figur trefflich zur Geltung brachte. Stattdessen rührte er in einem Topf eine Rosmarin-Sauce an. Der dazugehörige Braten dampfte bereits im Ofen. Michael war für seine Kochkünste bekannt und Martina war oft sein Gast zum Abendessen. Er seufzte. „Gib mir noch zwei Minuten, dann steht das Essen auf dem Tisch und du kannst mir diese haarsträubende Geschichte noch einmal von Anfang bis Ende erzählen."

Martina kamen diese zwei Minuten wie eine Ewigkeit vor. Sie zappelte auf ihrem Stuhl wie ein

Teenager. Dabei fiel ihr gar nicht auf, wie liebevoll Michael wieder gedeckt hatte: er hatte eine dunkelblaue Satintischdecke aufgelegt und zwischen das erlesene Porzellan kleine Blüten gestreut. In der Mitte des Tisches brannte eine lange, dunkelblaue Kerze.

Als Michael den Braten dann endlich serviert hatte - es gab als Beilagen handgeschabte Spätzle und einen Salat mit karamellisierten Sonnenblumenkernen - erzählte Martina ihre Geschichte noch einmal in Kurzform: „Weißt Du, da war einfach dieser Typ, der kam rein in meine Agentur und wollte eigentlich nur schnell eine Versicherung für sein neues Motorrad. Aber es war Feierabend, und ich wollte eigentlich schon abschließen ..."

Martina stockte. Es fiel ihr sichtlich schwer, die Gefühle zu erklären, die dieser „Typ" bei ihr geweckt hatte. Groß und stark hatte er auf sie gewirkt, als er die zwei Treppen zur Agenturtür auf einmal nahm und dann plötzlich vor ihr stand. Er hatte sie mit dunklen, betörenden Augen angesehen und gefragt, ob sie ihm sein neues Motorrad versicherte.

„Heute nicht mehr!" hatte sie geantwortet, aber das ließ er nicht gelten. „Bitte!" flehte er, „sie müssen mir die Versicherungspolice gleich ausstellen! Sonst kann ich ja heute Abend gar nicht mehr fahren! Und sehen Sie selbst: ist es nicht wirklich wunderschönes Motorradwetter?"

Martina sah an dem Fremden vorbei hinaus auf die Straße. Tatsächlich: die Sonne schien, als bekäme sie es bezahlt. Martina war das den lieben langen Tag gar nicht aufgefallen, aber nun, als der Fremde sie darauf ansprach, sah sie es auch. Sie öffnete dem Fremden ihre Bürotür, schaltete den PC wieder an und machte ihm wie unter Hypnose seine Papiere fertig.

„Thomas heißt er", schwärmte sie jetzt ihrem Kumpel Michael vor, „Thomas Winter. Und als Entschädigung für meinen verspäteten Feierabend fragte er mich, ob ich mit ihm mitfahren will", erzählte sie weiter. „Auf dem Motorrad."

Michael lächelte, während er aß und Martina zuhörte. Martina blickte schwärmerisch an die Zimmerdecke, während sie ihre Gabel zum Mund führte. Es war nicht erkennbar, ob sie überhaupt bemerkte, was sie aß.

„Erzähl weiter!", forderte Michael sie auf. „Bist du tatsächlich auf sein Motorrad gestiegen?", fragte er.

„Nein, leider nicht!", seufzte Martina und legte gedankenverloren das Besteck aus der Hand. „Ich trug an diesem Tag das rosa-schwarz gemusterte Kostüm mit der weißen Seidenbluse! Nicht gerade die passende Bekleidung für eine Sozia! Und einen zweiten Helm hatte er auch nicht dabei!" Martina verzog ihren hübschen Mund zu einem Flunsch, als sie an diese Situation dachte.

„Tja, was machen wir denn da?", hatte Thomas sie gefragt, als klar war, dass aus der Spritztour nichts würde. „Und da habe ich ihn zum Essen eingeladen!", sagte Martina nun zu Michael.

„Du hast ihn zum Essen eingeladen?" Jetzt ließ Michael das Besteck fallen und lachte schallend. „Er kommt zu dir in den Laden, verdreht dir den Kopf, bringt dich dazu, deinen Feierabend zu verschieben und zum Dank lädst du ihn zum Essen ein?" Michael schüttelte sich vor Vergnügen. „In welches 5-Sterne-Lokal möchtest du ihn denn ausführen?", fragte er ein wenig spöttisch.

Jetzt sah Martina wirklich wie ein kleines Mädchen aus. „Ich hab ihn zu mir nach Hause eingeladen", flüsterte sie, „Und Michael, wenn du mir nicht hilfst, wird das eine einzige Katastrophe!"

Michael nickte. Er kannte Martinas mangelhafte Kochkünste nur zu gut. „Warum bestellst du nicht einfach den Pizza-Service?", fragte er.

„Weißt Du", Martina war sichtlich verlegen, „ich wollte Thomas ein wenig beeindrucken … ach, ich weiß auch nicht, was in mich gefahren ist, aber ich habe irgendwie so getan, als könnte ich kochen!"

„Was hast du?", fragte der sonst so ruhige und besonnene Michael amüsiert. „Na, da wird er ja sein blaues Wunder erleben!", lachte er ein wenig schadenfroh.

„Lach nicht!", rügte ihn Martina und bat ihren guten alten Freund um ein möglichst einfaches Rezept, das sie ohne Probleme nachkochen könnte. Michael überlegte einen Moment und empfahl ihr dann „Grüne Nudeln mit Käsesauce".

„Ganz einfach, hat er gesagt", dachte sich Martina einen Abend später, als sie in ihrer gemütlichen Küche das Rezept nachkochen wollte. „Die Nudeln werden gekocht - na, das schaffe ich bestimmt."

Sie setzte das Nudelwasser auf und rieb zwischenzeitlich den Käse. Als das Wasser kochte, warf sie die Spinatnudeln hinein und begann, den Käse mit etwas Milch in einer Kasserolle zu schmelzen. Sie fügte Muskat und schwarzen Pfeffer hinzu. „Das sieht ja schon ganz gut aus", dachte sie zuversichtlich. „jetzt den Zitronensaft."

Und schon war es passiert: die Sauce gerann. Der fette Käse schwamm oben im Topf, unten war nur noch dünner Sud. Und ausgerechnet jetzt klingelte es an der Tür.

Thomas kam in voller Ledermontur, unrasiert und mit leeren Händen. „Naja, ein Blümchen hätte er schon wenigstens mitbringen können!", ging es ihr durch den Kopf und sie versuchte, nicht allzu enttäuscht auszusehen. „Und in Schale geschmissen hat er sich auch nicht gerade", dachte sie noch und zupfte nervös an ihrem schwarzen Minikleid. Zu alledem fiel Thomas auch keine nettere Begrüßung als „Na, schön gekocht, Kleine?", ein. Dabei spazierte er einfach an Martina vorbei - direkt in die Küche. Martina, die wenigstens mit einem Begrüßungsküsschen auf die Wange gerechnet hatte, hastete ihm verdattert hinterher.

„Das sieht aber gar nicht gut aus!", stellte Thomas fest, als er in der Küche ankam. Leider hatte er nur zu recht, denn in diesem Moment kochten auch die Nudeln über. Martina zog hektisch den Topf vom Feuer und verbrannte sich dabei die linke Hand.

In all diesem Chaos lehnte der Mann, den sie noch vor wenigen Tagen so begehrenswert fand, an ihrer Spüle und lachte sie aus! „Mein Gott, ihr Frauen heutzutage könnt ja noch nicht einmal Spaghetti kochen!", spottete er und plötzlich konnte Martina überhaupt nicht mehr verstehen, was sie jemals an diesem Mann gefunden hatte.

„Und ihr Männer heutzutage habt noch immer nicht kapiert, dass es darauf einfach nicht ankommt!", zischte sie, schnappte sich Thomas an der Lederjacke und bugsierte ihn kurzerhand energisch durch den Flur wieder nach draußen vor die Tür.

Das war alles so schnell gegangen, dass sie erst, als sie die Tür hinter Thomas zugeworfen hatte, merkte, was in den letzten Minuten alles geschehen war. Sie fing hemmungslos an zu weinen. Sie weinte, weil ihre Käsesoße geronnen und die grünen Nudeln übergekocht waren. Sie weinte, weil sie sich den ganzen Tag auf diesen Obermacho gefreut und sich wie ein Teenager mit Kochkenntnissen gebrüstet hatte. Sie weinte, weil sie tatsächlich für einen kurzen Moment sogar davon geträumt hatte, mit diesem Thomas den Rest ihres Lebens zu verbringen. Sie weinte, weil sie für einen Fremden versucht hatte, eine andere Frau aus sich zu machen: eine gute Hausfrau nämlich. Und Martina weinte schließlich auch, weil sie in diesem Moment merkte, wer sie wirklich war und wen sie wirklich wollte. Nämlich den einzigen Mann, dem sie nie etwas hatte vormachen müssen und der sie immer verstand: Michael.

Der gute Michael, der ihr auch noch das Rezept für diesen Abend gegeben hatte! „Ob er wohl jemals etwas anderes in mir gesehen hat als nur die alte Freundin aus Kindertagen?", fragte sie sich und plötzlich war es ihr ganz wichtig, das herauszufinden.

Sie wickelte notdürftig einen Verband um ihre verbrühte Hand, schnappte sich ihren Autoschlüssel und fuhr zu ihm.

„Na, ich denke, du hast heute deinen großen Auftritt als Köchin?!" Michael tat sehr erstaunt, als er Martina die Tür öffnete.

„Es ist alles schief gegangen!", seufzte Martina und drückte sich scheinbar hilfesuchend an Michaels Schulter. „Und weißt du was, es tut mir gar nicht mal leid. So ein Macho!", schimpfte sie in sein Ohr. Michael drückte Martina fest an sich.

So nahe war sie ihm noch nie gekommen. Und sie hatte nicht vor, sich diese Gelegenheit entgehen zu lassen. Es hatte viel zu lang gedauert, bis sie gemerkt hatte, wie wichtig er ihr war. „Ob er wohl auch für mich etwas empfindet?", fragte sie sich und seufzte erleichtert, als Michael vorsichtig über ihr langes, blondes Haar strich.

Plötzlich war alles ganz einfach. Ihre Lippen suchten seinen Mund und zaghaft küsste sie ihn. Es wurde ein langer Kuss, den er erst zögernd, dann aber heftig und leidenschaftlich erwiderte.

„Jetzt komm aber erst mal rein", lachte Michael glücklich, als sie wieder zu Atem kamen. „Erzähl, was ist denn überhaupt passiert?"

Martina schnappte nach Luft und wusste nicht recht, womit sie zu erzählen anfangen sollte. „Also zuerst war da irgendwas mit dieser komischen Käsesauce!", sagte sie, „Ich glaube, sie ist geronnen!"

„Klar", lachte Michael, „sie gerinnt, wenn man sie nicht im Wasserbad anrührt!"

„Wasserbad? Was ist denn das? Das hast du mir aber nicht gesagt!", empörte sich Martina.

„Nein", antwortete er gelassen wie immer. Dann zog er sie wieder an sich und flüsterte ihr ins Ohr: „Sonst wärst du ja schließlich jetzt nicht hier!"

Dornröschen

Ich bin nicht Dornröschen:

nicht wachgeküsst.

Dennoch erwachte und fühlte ich

nach Tagen der Schwäche

wieder ein Ich.

Ein geregeltes Leben

Feddersen lebte ein geregeltes, ausgesprochen wohlgeordnetes Leben. Er lebte nach der Uhr, stand jeden Morgen um die gleiche Zeit auf, kam um die gleiche Zeit in sein Büro, aß um die gleiche Zeit zu Mittag und ging um die gleiche Zeit schlafen.

Manchen Menschen mag dieses Leben vielleicht ein wenig eintönig, ja sogar langweilig vorkommen. Doch Feddersen fand viel Beruhigendes in einem gleichförmigen Alltag. Mehr noch: Er gab ihm eine gewisse Sicherheit. Die Welt um ihn herum schien sich ohnehin ständig zu verändern - viel zu schnell und sehr befremdlich. Doch wenn er sich an seine Regeln und Abläufe hielt, war Feddersen sicher.

Das war schon immer so. Selbst als seine Frau noch bei ihm lebte, hatte Feddersen Wert auf geregelte Abläufe gelegt. Anfangs war das Helga noch recht gewesen, und sie hatten innig schöne Jahre in trauter Zweisamkeit verbracht. Doch dann war Helga in die Jahre gekommen und hatte das Gefühl, etwas verpasst zu haben. Plötzlich wollte sie „mal tanzen gehen" oder „ins Kino"! Feddersen hatte fassungslos zugesehen, wie Helga immer renitenter wurde.

Als er an einem Donnerstag im November pünktlich um 17.30 Uhr sein Büro verlassen und den gewohnten Weg nach Hause genommen hatte, war Helga nicht mehr da gewesen. Ein paar Kleidungsstücke und ein paar Möbelstücke hatte sie mitgenommen und dafür einen Zettel hinterlassen.

„Ich will wieder leben!", stand auf diesem Zettel. Mehr nicht. Feddersen war von dieser Situation völlig überfordert gewesen. Er hätte vielleicht jemanden anrufen müssen? Aber es gab niemanden zum Anrufen. Kinder hatten sie nicht.

Musste er Helgas Verschwinden jemandem melden? Feddersen war sich nicht sicher gewesen und hatte beschlossen, erst einmal abzuwarten und die Veränderung, die jetzt in sein Leben getreten war, zu ignorieren. Er lebte sein geregeltes Leben einfach weiter. Feddersen stand jeden Morgen um die gleiche Zeit auf, kam um die gleiche Zeit in sein Büro, aß um die gleiche Zeit zu Mittag und ging um die gleiche Zeit schlafen. Wenn ihn jemand, was selten vorkam, auf seine Frau ansprach, murmelte Feddersen etwas davon, dass seine Frau sich derzeit „nicht so wohl" fühle und ging weiter.

Zwischendurch bedauerte er zutiefst, dass Helga ihn verlassen hatte. Nicht, dass er nicht zurecht gekommen wäre. An das bisschen abendliche Kochen hatte er sich schnell gewöhnt. Aber dass Helga einfach so verschwunden war, nagte an

Feddersen. „Sie hätte sich wenigstens verabschieden können", dachte er immer und immer wieder.

Dann wiederum fand Feddersen das Schicksal ungerecht. Er wäre lieber Witwer geworden. Eine Herzattacke, Krebs, ein Schlaganfall – Feddersen hätte Helga liebend gerne bis zum Schluss gepflegt. Aber dass sie ihm einfach so davon gelaufen war, ohne ein Wort und das in diesem Alter, das konnte Feddersen lange nicht verkraften. Mal bedrückte es ihn, mal machte es ihn rasend, mal schien er regelrecht zu verzweifeln, doch nach einigen Jahren hatte er seinen Weg gefunden, damit fertig zu werden.

Als er an diesem Montag im Januar morgens ins Büro kam, war alles wie immer. Kuhn, der Pförtner, begrüßte ihn – wie so oft in den vergangenen Jahren – mit einem Lächeln und dem Satz: „Pünktlich wie immer, der Herr Feddersen!"

Feddersen lächelte. Kuhn war schon fast so lange in der Firma wie er und erlaubte sich hin und wieder Vertraulichkeiten. So auch an diesem Morgen: „Schon gelesen?", fragte Kuhn und hielt die Bild-Zeitung hoch. Feddersen sah viel rote Schrift und das Foto einer älteren Frau. „Vermisst. Wie die anderen. Da geht echt ein Irrer um! Wer weiß, in welchem Zustand sie gefunden wird!"

„Arme Seele", antwortete Feddersen höflichkeitshalber. In Wirklichkeit interessierte ihn das

Schicksal der Unbekannten nicht. Er hatte mit seinem eigenen Leben genug zu tun. Aber aus Erfahrung wusste er, dass er das nicht laut sagen durfte. Also hatte er sich angewöhnt, immer ein paar Floskeln parat zu haben, die Interesse und Mitgefühl vortäuschten. Den meisten Menschen reichte das. Auch Kuhn gab sich damit zufrieden.

An diesem Tag wurde Feddersen noch einmal auf diese Zeitungsschlagzeile angesprochen. Dieses Mal vom alten Willi, der den Bus Nummer 60 fuhr, soweit Feddersen zurück denken konnte.

„Ich hoffe, sie finden das Schwein bald!", tönte Willi, während er auf seine Ausgabe der Bild-Zeitung tippte, die auf der Fahrerablage lag.

„Ja, das hoffen wir alle!", antwortete Feddersen und ging freundlich nickend weiter.

Während er seinen Platz zusteuerte – Feddersen saß jeden Abend auf einem mittleren Fensterplatz links vom Fahrer aus gesehen – bemerkte er zwei ältere Frauen, die sich wie ein Liebespärchen an den Händen hielten. Peinlich verlegen sah Feddersen weg, als er sich setzte. Gesprächsfetzen drangen an sein Ohr: „Sie wog fast dreißig Kilo weniger als vorher ...", „Das war die zweite. Bei der ersten war es noch nicht ganz so viel ...", „Vier Frauen zwischen 50 und 60 ... und jetzt die fünfte – wieso tut die Polizei denn nichts?", „Vergiftet, da wirst du einfach langsam vergiftet und keiner kümmert sich darum ..."

Feddersen wollte nicht zuhören, aber er konnte den Frauen ja schlecht den Mund verbieten. Einen kurzen Moment zog er in Erwägung, seinen Platz aufzugeben und einen weiter hinten zu nehmen. Doch er verwarf den Gedanken sofort wieder und vertiefte sich in seine Zeitung, um nicht weiter zuhören zu müssen.

Kurz darauf hielt der Bus an seiner Haltestelle. Dort stieg Feddersen aus und ging den gewohnten Weg: erst die Goethestraße entlang, dann links die Nordallee und nochmal links in die Lindenstraße, bis zu seinem Haus, Hausnummer 22.

Wie gewöhnlich machte er sich selbst etwas zu essen. Eingekauft hatte er am Samstag und wie immer waren es viele Konserven und Tiefkühlgerichte gewesen. Feddersen wärmte sich eine Portion Gulasch mit Rotkraut und Spätzle in der Mikrowelle und aß sie ohne Hast, machte sich aber nicht die Mühe, den Inhalt der Plastikschale erst auf einen Teller zu leeren.

Als Feddersen gegessen hatte, stand er auf und schob eine weitere Portion Gulasch in die Mikrowelle. Bis sie gar war, richtete er einen Teller, ein Glas Wasser und Besteck auf ein Tablett. Dann goss er das heiße Gulasch in den tiefen Teller, rührte einen Teelöffel weißes Pulver hinein und trug dann das Tablett ins Schlafzimmer.

„Hallo, Liebling", sagte er zu der Frau, die apathisch in seinem Bett lag und der Frau aus der

Zeitung glich. „Geht es dir heute etwas besser? Schau Helga, ich habe für dich gekocht. Ich weiß, du bist sehr krank, aber du musst doch etwas essen ..."

Zwei Uhr am Morgen

Noch immer in der Disco

Nun mach mich schon an.

Fisch

Arbeit, Schaffen war Dein Leben,
Christlich handelnd jederzeit;
Möge Gott im Jenseits geben,
Dir den Lohn der Seligkeit.

(Sterbebild aus dem Jahr 1964)

„Sauwetter, verdammtes! "

Der alte Stenzel schimpfte vor sich hin, während er aus der guten Stube schlurfte. Es war Dienstag, der 13. Oktober 1964. Königin Elisabeth II. von Großbritannien und Nordirland beendete an diesem Tag ihren Besuch in Kanada, und vor dem Landgericht Kempten begann in zweiter Instanz ein Prozess um das altindische Liebeslehrbuch „Kamasutra", bei dem die Staatsanwaltschaft dem Verleger die „Verbreitung unzüchtiger Schriften" vorwarf.

Doch davon wusste der alte Stenzel nichts. Er hörte kein Radio und las keine Zeitung. Kaiser und Könige interessierten ihn nicht, zwei Kriege hatte er überlebt und die nächsten gingen ihn nichts mehr an.

Stenzel verbrachte seine Tage nur noch auf der Suche nach warmen Mahlzeiten und ruhigen

Plätzen, an denen er seine kalten, müden Knochen ausstrecken konnte. Dabei achtete er tunlichst darauf, seiner Frau Klara aus dem Weg zu gehen.

Der alte Stenzel hatte nichts gegen seine Klara. Im Gegenteil. Er war seit fast fünfzig Jahren mit ihr verheiratet und sie hatten es in dieser Zeit auf dreizehn Kinder gebracht. Aber Klara war immer so resolut, und wenn er ihr begegnete, konnte es passieren, dass sie ihm sagte, er solle doch die Stube fegen. Oder die Gänse füttern. Oder was ihr sonst noch so einfiel.

Das Außenthermometer an der Haustür zeigte sechs Grad. „Immerhin über Null", knurrte der alte Stenzel und ging zurück ins Schlafzimmer, wo er einen dicken, schweren Mantel aus dem Schrank holte und hineinkroch. Damit schlurfte er zurück nach draußen.

„Du depperter Depp", keifte seine Klara hinter ihm her. „Das ist doch dein Wintermantel, was willst du denn anziehen, wenn es wirklich Winter ist?"

Der alte Stenzel achtete nicht auf sie, sondern zog die Tür von außen zu und tappte unermüdlich weiter. Wenigstens regnete es gerade nicht. Ein paar Minuten später war er an der kleinen Bank angekommen, die vor dem Bauernhaus der Nachbarn stand. Stenzel liebte diese Bank, denn von ihr aus konnte man wenigstens ein kleines

Stück der Straße sehen, die an seinem Heimatort vorbeiführte und auf der gelegentlich sogar Autos fuhren.

Alois Lederer, der Nachbar, war nicht glücklich darüber, dass der alte Stenzel so oft auf seiner teuren Bank saß. Aber er konnte auch nicht viel dagegen tun. Klapfenberg war eine kleine oberpfälzische Gemeinde mit achtundzwanzig Häusern, einem winzigen Schulhaus, einer alten katholischen Kirche samt Pfarrhaus und zwei Gasthäusern. Die Gebäude waren nur mit Kies- und Schotterwegen verbunden, denn die einzige Straße weit und breit führte nach Parsberg und ließ Klapfenberg rechts liegen. Ohne geteerte Wege, Bordsteine und abgezäunte Vorgärten ließ sich nicht immer so ganz genau erkennen, wo ein Grundstück aufhörte und ein anderes anfing. Gut möglich, dass der alte Stenzel mittlerweile davon ausging, die Bank gehöre ihm.

Über derart kleinliche Besitzverhältnisse machte sich der alte Stenzel allerdings gar keine Gedanken. Er hatte den Wintermantel so fest um sich geschlungen, dass ihm fast warm wurde. Wohlig streckte er die Beine aus und furzte. Das satte Geräusch wurde kaum vom schweren Stoff des Mantels abgemildert, aber Stenzel hörte es nicht. Er hatte schon lange die Fähigkeit entwickelt, nur noch Dinge zu hören, die von Interesse für ihn waren.

Zum Beispiel hörte er auf der Straße ein Auto kommen, aber es war noch außer Sichtweite. Der alte Stenzel reckte seinen Hals. Dann sah er einen kleinen Bus, der unten grün und oben weiß war. „Ah, der Huber Bastian!", dachte sich der alte Stenzel, der den VW Bulli sofort erkannt hatte, „Geht wohl auch seiner Frau aus den Füßen!"

Bastian Huber war der Sohn des alten Huber, der vor ein paar Jahren verstorben war und dessen Gasthaus samt Metzgerei er übernommen hatte. Da es in Klapfenberg weder einen Kolonial-warenladen noch einen Bäcker gab, fuhr Bastian einmal in der Woche nach Neumarkt, um dort Lebensmittel für sein Gasthaus einzukaufen, die es in Klapfenberg sonst nicht gab. Das wäre nicht nötig gewesen, zumindest nicht nach Ansicht seiner Frau Eva, aber Bastian war überzeugt von seiner Idee, die Klapfenberger Familien nur dann in seinen Gasthof locken zu können, wenn er ihnen Dinge anbieten konnte, die ihre eigene Küchen nicht hergaben. Außerdem fuhr er gerne mit dem Bulli durch die Gegend.

„Der Basti kauft wieder ein", dachte sich derweil der alte Stenzel, während er dem T1 hinterher sah. Was es wohl dieses Mal geben würde? Der alte Stenzel erinnerte sich an einen Tag im vergangenen Frühling, als der Bastian mit weißen Stangen aus Neumarkt zurückgekommen war.

„Wie hießen die noch gleich?", fragte sich der alte Stenzel und ließ noch einen ziehen.

90

„Spargel, genau", fiel es ihm wieder ein. Geschmeckt hatte ihm das fremde Gemüse nicht. Man musste eine Art Zange nehmen und sich damit eine Stange mit dem Kopf zuerst in den Mund schieben, abbeißen und danach die Stange wieder zurück auf den Teller legen. Das war dem alten Stenzel zu umständlich gewesen. Und von der vielen zerlassenen Butter, die der Bastian zum Spargel gereicht hatte, war ihm die ganze Nacht schlecht gewesen.

Nein, nein, Spargel brauchte der Bastian aus Neumarkt nicht wieder mitzubringen.

Neumarkt. Der alte Stenzel konnte sich nicht mehr erinnern, jemals dort gewesen zu sein. Es war einfach zu weit weg, und einen Führerschein hatte er nicht, geschweige denn ein Auto. In Parsberg, ja, da waren sie oft zu Fuß hingegangen, so wie er auch zur Arbeit in die Mühlen gelaufen ist.

Müller war er einmal gewesen, der alte Stenzel. Und wenn es in den Mühlen der Umgebung nichts zu tun gab, dann hatte er auf den Bauernhöfen im Umkreis ausgeholfen.

„Tagelöhner", hatte ihn seine Klara immer geschimpft, die natürlich lieber mit einem Lehrer oder Gastwirt verheiratet gewesen wäre.

„Sie soll froh sein, dass sie mich gekriegt hat", dachte der alte Stenzel brummig, aber dann erhellte sich sein Gesicht wieder. Dass er bei einer Frau, die so hübsch und so viel jünger war als er, überhaupt eine Chance gehabt hatte, machte ihn noch immer stolz und glücklich. Auch wenn sich später herausstellte, dass ihre erste Tochter für eine Frühgeburt ziemlich groß war.

Auch später war sich der alte Stenzel nicht immer sicher gewesen, ob ihre vielen Kinder wirklich alle von ihm waren, aber letztendlich war es gleichgültig gewesen. Er und seine Klara hatten die hungrigen Mäuler so gut es ging gestopft und hatten alle großgezogen, die ihnen nicht bei der Geburt oder im Kindbett weggestorben waren.

Alle waren wohlgeraten, bis auf den letzten, der hatte eine Hasenscharte und nur zwei Finger und einen Daumen. Den hatten die Nazis abgeholt und nicht wiedergebracht, aber weil auch dort wohl die Linke nicht wusste, was die Rechte tat, hatten sie zwei Mal geschrieben, dass er verstorben wäre und jedes Mal eine andere Todesursache angegeben. Da hatten der alte Stenzel und seine Klara gewusst, dass sie ihn besser hätten verstecken sollen, den Kleinen.

Diese Nazis! Vom Krieg hatten sie gar nicht so viel mitbekommen, hier im versteckt gelegenen Klapfenberg. Ihre Kriege fochten sie mit den Zigeunern aus, die immer wieder durchzogen, ihnen die Wurst aus der Kammer, die Wäsche von der Leine und die Frauen aus den Betten stahlen. Obwohl ... es gab auch Zigeunerinnen, wie sich der alte Stenzel gerne erinnerte, schöne, dunkelhäutige Frauen mit Haaren wie aus

92

schwarzem Lack. Sie hatten fröhliche, bunte Kleider getragen und laut gelacht, wenn es etwas zum Lachen gab. Kein Vergleich zu den hiesigen Frauen, in ihren dunklen, unförmigen Gewändern und ihrer humorlosen Frömmigkeit.

Da war seine Klara mit ihrer Lebenslust schon ein anderes Kaliber gewesen. Der alte Stenzel schloss die Augen und grinste, als längst verschüttet geglaubte Erinnerungen wieder lebendig wurden. Dann dachte er an seine Töchter, von denen einige das Temperament ihrer Mutter geerbt und mindestens ein lediges Kind hatten.

Der alte Stenzel war sich nicht sicher, ob er noch alle zusammenbringen würde. Ein paar von ihnen waren weit weggezogen, in Gegenden und Städte, von denen er noch nie zuvor etwas gehört hatte. Ein paar Töchter waren in den Nachbardörfern verheiratet. Der einzig verbliebene Sohn lebte so weit weg, dass man sogar mit dem Auto einen Tag brauchte, um ihn besuchen zu können. Nicht, dass der alte Stenzel jemals dort gewesen wäre. Er hatte ja noch nicht einmal einen Führerschein.

Ob er noch einen machen sollte? Ach nein, wozu, er war ja nicht mehr der Jüngste. Wie alt war er jetzt? Der alte Stenzel musste überlegen. Zu seinem achtzigsten war ein Mann aus Parsberg gekommen, hatte Blumen gebracht und gratuliert. Dem alten Stenzel war das peinlich gewesen. Zum einen, weil er den Mann gar nicht gekannt hatte, zum anderen, weil seine Hände nicht gewaschen und seine Kleidung alt und abgetragen war.

„Das war der Bürgermeister von Parsberg", hatte seine Klara gesagt und ihm die Blumen abgenommen, als der Mann weg war. Dann hatte sie ärgerlich den Kopf geschüttelt und: „Das nächste Mal bringt er hoffentlich etwas zu Essen mit. Blumen haben wir hier genug!", gebrummt.

An seinem nächsten Geburtstag hatte sich der alte Stenzel daher seinen Sonntagsstaat angezogen, aber es war niemand mehr gekommen.

Dann war er jetzt wohl einundachtzig Jahre alt. Einundachtzig. Wer hätte das gedacht?

So viele Gedanken am frühen Morgen machten den alten Stenzel müde und er nickte ein. Nach einer Weile weckte ihn ein vorwitziger Oktobersonnenstrahl. Der alte Stenzel schlug die Augen auf und stellte am Stand der Sonne fest, dass es Mittag war. Zeit zum Essen.

Ob seine Klara ihm etwas gekocht hatte? „Unwahrscheinlich", dachte der alte Stenzel. Nachdem ihr letzter Sohn nicht mehr ganz so perfekt wie ihre anderen Kinder geraten war, hatte Klara sein Bettzeug in die Scheune geschafft und so dafür gesorgt, dass sie fortan getrennt schliefen. Als dann die Kinder aus dem Haus waren, hatte Klara auch aufgehört, für ihn zu kochen. Gelegentlich fand er Reste auf dem Herd in der Küche, aber oft vergaß er das Essen auch oder er ging zum Huber auf eine Brotzeit. Der Huber. War der Bastian nicht vorhin mit dem Bulli nach Neumarkt gefahren?

„Was er wohl mitbringt?", fragte sich der alte Stenzel und nickte wieder ein.

***

Als Bastian Huber am frühen Nachmittag zurückkam, winkte er dem alten Stenzel fröhlich zu, der noch immer auf der Bank seines Nachbarn saß. Der Alte bleckte zum Gruß die Zähne, nur dass er fast keine mehr hatte. Das war kein schöner, aber ein durchaus gewohnter Anblick, und Bastian Huber lachte freundlich zurück.

Er hatte kaum seine Ware ausgeladen, als der alte Stenzel auf ihn zu schlurfte. „Basti, horch. Hast du etwas zu essen mitgebracht?", fragte er.

„Aber ja doch", antwortete der Huber Bastian gutmütig. „Einen Hering!"

„Einen Hering?", freute sich der alte Stenzel. „Ist denn heute Freitag?"

„Seit wann bist du denn so ein gläubiger Katholik?", fragte der Bastian und zwinkerte. Er mochte den alten Stenzel, den er schon seit seiner Kindheit kannte. Mit einer seiner Töchter hatte er auch schon einmal angebandelt, aber davon wusste der Alte sicher nichts. Es war ja auch nur ganz kurz gewesen, an einem Abend auf der Parsberger Kirmes.

„Meinst du nicht, dass dir der Hering auch an einem Dienstag schmeckt?", fuhr Bastian fort.

Der alte Stenzel nickte und ging in das Gasthaus. Dort setzte er sich auf eine Eckbank am Fenster, wo die Butzenscheiben das schwache Oktoberlicht so brachen, dass es von der Ferne aussah, als hätte sich ein Heiligenschein um den alten Stenzel gebildet. Er war der einzige Gast, denn um diese Uhrzeit waren die anderen Einheimischen an einem Werktag noch bei der Arbeit. Der Huber Bastian hatte offiziell auch noch gar nicht geöffnet, doch Öffnungszeiten galten für den alten Stenzel ohnehin nicht.

„Eine Maß zum Hering?", fragte Bastian.

Der alte Stenzel nickte.

Ein Hering. Er freute sich. Hechte, Zander, Aale und Waller gab es genug in den Flüssen der Oberpfalz, aber das Meer war weit weg und mit ihm die Heringe und die denkwürdigen Arten, ihn einzulegen. Der alte Stenzel erinnerte sich noch gut an seinen ersten Hering, der in Äpfeln, Zwiebeln, Gürkchen und Sahne schwamm und seltsam süß und gleichsam sauer schmeckte. Schon lief ihm das Wasser im Mund zusammen.

Ungeduldig trank er den Schaum von seiner Maß ab und rutschte wie ein Kind auf der Sitzbank hin und her.

„Na, na, na", tadelte Bastian seinen Gast gutmütig, „du wirst es doch noch erwarten können!"

„Legt deine Eva die Heringe erst ein?", fragte der alte Stenzel misstrauisch.

„Nein, die habe ich schon eingelegt mitgebracht", beruhigte ihn der Wirt. „Aber es gibt Salzkartoffeln dazu, die müssen doch erst gekocht werden!"

Ach so. Salzkartoffeln. Der alte Stenzel dachte nach.

„Keine Kartoffeln", sagte er schließlich. „Ein Stück Brot dazu reicht. Du hast doch Brot mitgebracht?"

„Gewiss", sagte der Wirt, ging in die Küche und kam endlich mit dem Hering wieder.

***

„Hat es geschmeckt?", fragte der Bastian, als der alte Stenzel den Teller leergekratzt und sich mit der Serviette den Mund abgewischt hatte.

Der alte Stenzel nickte. „Das war gut", flüsterte er und sah begehrlich auf seinen leeren Teller. Dann gab er sich einen Ruck, sah Bastian an und sagte: „Du Bastian, der war so gut, gib mir noch einen!"

Bastian lachte und rief: „Noch einen Hering für den alten Stenzel", in die Küche.

Dieses Mal dauerte es nur wenige Minuten, bis Bastian die zweite Portion Hering brachte. Dann zog sich der Wirt zu seiner Frau in die Küche zurück und half ihr dabei, die restliche Ware in den Regalen unterzubringen. Er habe wieder einmal viel zu viel eingekauft, meinte sie, aber Bastian war anderer Meinung.

„Schau mal, wenn sogar der alte Stenzel schon zwei Portionen Hering isst, dann wird er uns schon nicht schlecht", widersprach er ihr.

Die Türglocke ging. Ein weiterer Gast musste gekommen sein. Bastian wischte sich die Hände an einem Geschirrtuch ab und ging hinter die Theke. Es war die kleine Lederer Marie, die von der Mutter geschickt worden war, um Brot zu kaufen. Bastian bediente sie und wandte sich dann wieder dem alten Stenzel zu, der noch immer ruhig auf der Bank vor seinem Fisch saß. Das Butzenlicht um den alten Mann herum blendete Bastians Augen, aber der Wirt erkannte, dass der alte Stenzel seinen Fisch noch gar nicht angerührt hatte.

„Magst du ihn jetzt doch nicht mehr?", fragte er, bekam aber keine Antwort. „Bist wohl doch satt, bist ja das Essen nicht mehr so gewohnt!", vermutete er und ging auf seinen Stammgast zu. Erst als er direkt vor ihm stand, erkannte er, dass der alte Stenzel tot war.

Ein furchtbarer Tag:

Außer Spesen nichts gewesen.

Und jetzt auch noch du!

Scheidungsgrund

Es kam mit der Morgenpost: Ein ganz normal aussehendes Paket in braunem Packpapier und verschnürt mit derber Doppelschnur. Es unterschied sich in nichts von den Tausend anderen Paketen, wie sie tagtäglich von Postboten ausgetragen werden. Mit diesem aber hatte es eine ganz besondere Bewandtnis, denn es führte zur Scheidung von Horst und Elisabeth Schröder.

Die beiden waren seit über zehn Jahren verheiratet. Glücklich, wie es zumindest Elisabeth schien. Nie wäre sie im Traum darauf gekommen, dass Horst sie auf seinen vielen Geschäftsreisen betrügen könnte. Doch offensichtlich war das der Fall.

Das ganz normal aussehende Paket kam nämlich von einem Hotel in Stralsund, wo Horst erst kürzlich ein zweitägiges Firmenseminar geleitet hatte. Der Titel: „Krisenmanagement in der Chefetage". Krisenmanagement war Horsts Stärke, auch wenn keiner ahnte, dass ausgerechnet ein kleines Missgeschick ein Krisenmanagement in seinem Privatleben erforderlich machen würde.

Das kleine Missgeschick war noch nicht einmal ihm selbst passiert. Ihm war höchstens anzukreiden, dass er es nicht rechtzeitig bemerkt hatte. Genauer gesagt war es das Missgeschick der üppigen Blondine, die ihn auf dieser Geschäftsreise begleitet hatte. Aus Versehen hatte sie sich das knallrote Seidennachthemd – übrigens ein sündhaft teures, aus einem Designermodenfachgeschäft stammendes Ge-schenk von Horst – im Sturm der Leidenschaft vom Leib gerissen und unter das Bett geworfen, wo es dann vergessen wurde.

Das redliche Zimmermädchen hatte es am Tag der Abreise von Horst gefunden und am Empfang abgegeben. Dort hatte die Rezeptionistin unter der Buchungsnummer nachgeschaut und im Gästebuch den Eintrag „Horst und Elisabeth Schröder" gefunden. Mit einem leichten Neidgefühl hatte sie das zarte Designer-Nichts in Seidenpapier gelegt und in ein Paket gepackt. Auf die Karte schrieb sie: „Sehr geehrte Frau Schröder, wir hoffen, der Aufenthalt in unserem Haus war für Sie angenehm. Anliegendes Kleidungsstück haben Sie wohl beim Einpacken vergessen. Hoffentlich haben Sie es noch nicht allzu sehr vermisst. Wir würden uns sehr freuen, wenn wir Sie wieder einmal bei uns begrüßen dürfen und verbleiben mit freundlichen Grüßen ..."

Verständnislos blickte Elisabeth auf diese Zeilen, nachdem sie neugierig das Paket geöffnet hatte. Dann warf sie einen ersten Blick unter das Seidenpapier und entdeckte das rote Nachthemd. Schlagartig wurde ihr klar, was die eben erhaltene Nachricht bedeutete – und was für Konsequenzen sie haben würde.

Horst Schröder, seines Zeichens hochdotierter Krisenmanager eines großen, deutschen Automobilkonzerns, zeigte sich angesichts dieser privaten Krise als äußerst unfähig, sie zu bewältigen. Zumal Elisbeth Schröder, nach ein paar Recherche-Telefonaten, die Trägerin des Seidennachthemds schnell als seine Sekretärin identifizieren konnte. Das einzige, was bei der Scheidung an branchenübliches Krisenmanagement erinnerte, war die horrende Abfindung, die Elisabeth für sich herausschlagen konnte.

„Hab mich gern!", sagte sie

und meinte etwas anderes.

Die kann mich wirklich.

Ein ungewöhnliches Bewerbungsgespräch

Als ich an einem gemütlichen Freitagnachmittag in der Tageszeitung auf diese Anzeige stieß, war meine Neugierde sofort geweckt.

„Seriöse Escort-Agentur sucht attraktive und tolerante Damen für lukrativen Nebenjob. Freie Zeiteinteilung. Studentinnen und Anfängerinnen willkommen... Anrufe erbeten unter ..."

Eigentlich dürfte eine seriöse Escort-Agentur nichts anderes sein als eine Begleitagentur, für Menschen, die irgendwohin begleitet werden wollen, dachte ich. Doch wer könnte das sein? Manager, die auf Dienstreisen sind und nicht alleine ins Theater wollen? Frauen, die in einer Bar moralische Unterstützung brauchen? Oder war der Begleitservice einfach nur eine andere Art, Callgirls zu vermitteln? Ich beschloss, einfach anzurufen. Schließlich bin ich von Beruf Redakteurin. Vielleicht, dachte ich, ergibt sich eine tolle Geschichte.

Ein Herr meldete sich. „Ich habe Ihre Anzeige gelesen und möchte mich bewerben!", log ich.

„Haben Sie denn noch Fragen?", wollte er wissen.

„Ja, jede Menge", antwortete ich und er lachte. „Dann sollte sich eine Mitarbeiterin mit Ihnen treffen, dann können Sie alle Fragen stellen!

Vorab muss ich nur ein paar Daten von Ihnen aufnehmen!"

Charmant fragte er nach meinem Namen, meinem Wohnort, meinem Alter und meinem Beruf. Ich antwortete wahrheitsgemäß, auch wenn ich versucht war, bei meinem Alter etwas zu schummeln. Ich bin mittlerweile nämlich „auf der falschen Seite der vierzig", wie man so schön sagt, doch der Herr am Telefon blieb freundlich, machte Komplimente.

„Sie sind eine kluge, gebildete Frau, das höre ich schon am Telefon, aber wie sehen Sie aus? Wie groß sind Sie, wie schwer?"

„1,63, dunkles, halblanges Haar, schlank", antwortete ich. Das schien ihm zu genügen. „Unsere Iris wird sich mit Ihnen in Verbindung setzen und die Details mit Ihnen besprechen", sagte er zum Abschluss. Ob ich ein Abendkleid hätte, fragte er nicht.

Iris rief noch am gleichen Nachmittag an und verabredete sich mit mir. Wir wollten uns am nächsten Montag um 15 Uhr in einem First-Class-Hotel an meinem Wohnort treffen. Ganz im Business-Style gekleidet - dunkelbrauner Hosenanzug, Aktentasche – war ich schon fünf Minuten früher im Foyer. Ich setzte mich in das Café neben der Lobby und spähte durch die großen Fensterscheiben des Eingangsbereiches auf den Hotelparkplatz. Ein paar Wagen fuhren vor, Geschäftsleute stiegen ein und aus. Nichts von Bedeutung. Ich wurde unruhig.

Eine gute Viertelstunde später brauste ein roter Sportwagen an und kam mit quietschenden Reifen zum Stehen. Die Frau, die ausstieg, war groß, schlank und dunkelhaarig. Sie trug einen knapp sitzenden, goldmetallic glänzenden Blazer und einen super-kurzen, karierten Rock. Schuhe und Handtasche waren aus weichem Leder und sahen teuer aus. Mit ihrem sorgfältig aufgetragenen Make-up und den langen, rot lackierten Fingernägeln wirkte die Frau wie eine Mischung aus Callgirl und Filmstar. Als sie im Foyer auf mich zukam, gab es keine Zweifel mehr: das war Iris, meine Verabredung.

Sie ließ sich mir gegenüber auf dem Sessel nieder und schlug ihre Endlosbeine in Richtung Lobby übereinander. Eine Welle exklusiven Parfüms erreichte mich. Iris nestelte in ihrer Handtasche und zog ein Päckchen Zigaretten und ein Dupont-Feuerzeug heraus. Dann zündete sie sich genüsslich eine Zigarette an und blies den Rauch an mir vorbei in die Hotelhalle. Dabei erweckte sie die Aufmerksamkeit von zwei Männern, die eigentlich ein- oder auschecken wollten, jetzt aber ungeniert auf mein Gegenüber starrten. Iris wusste um ihre Wirkung auf Männer und gab sich unwiderstehlich. Eine knisternde, erotische Spannung lag in der Luft.

Im Vergleich zu Iris fühlte ich mich alt und hässlich, auch wenn sie mit Sicherheit keinen Tag jünger war als ich.

„Du bist also die Frau mit den vielen Fragen!", lächelte mich Iris an. Sie war nicht eigentlich hübsch, dazu war die Nase zu lang und die Haut zu fahl. Aber ihre großen, dunklen Augen und ihr schön geschwungener Mund waren geschickt betont. „Ich darf doch ,du' sagen? Wir werden gleich sehr intime Dinge besprechen, das fällt dann leichter!"

„Intime Dinge?"

„Ja, natürlich!" Iris hatte es sich in ihrem Sessel gemütlich gemacht und sich mit der Zigarette in der linken Hand tief hineingeräkelt. Jetzt richtete sie sich wieder auf und drückte die Zigarette aus: „Du weißt doch wohl, weshalb du hier bist?", fragte sie dabei amüsiert.

„Nun, nicht so genau!" antwortete ich, obwohl es mir mittlerweile dämmerte. „Ihr seid eine Begleitagentur. Ich nehme also an, ich soll Herren begleiten. Aber wohin?"

„Ins Bett natürlich, Dummerchen!", lachte Iris und steckte sich die nächste Zigarette an.

„Ich dachte, ins Theater, ins Kino oder …"

„Nein", unterbrach mich Iris. „Wenn Männer ins Kino oder ins Theater wollen, nehmen sie ihre Frauen mit. Es geht bei uns nur um Sex, auch

110

wenn wir das am Telefon oder auf unserer Home-
page niemals zugeben würden. Die Kunden ru-
fen bei uns an und sagen ihre Wünsche. Wir
schauen nach, wer in der Nähe ist und Zeit hat,
und schon trefft ihr euch!"

„Wo denn? In einem Lokal?"

„Nein."

Meine Naivität schien Iris zu amüsieren, denn
wieder lachte sie. „Wir haben in fast jeder Stadt
im Umkreis ein Appartement für diesen Zweck
eingerichtet. Das nächste ist hier ganz in der Nähe
– das wäre deine Anlaufstation. Vorausgesetzt,
du läufst mir jetzt nicht gleich schreiend davon!"

Iris hatte mir wohl an der Nasenspitze angesehen,
dass dies mein erster Impuls gewesen war: aufzu-
stehen und zu gehen. Doch meine Neugierde war
stärker. Jetzt wollte ich alles wissen. „Also, ange-
nommen, ich mache mit, wie komme ich denn
dann in die Wohnung?", fragte ich.

„Ganz einfach!", antwortete Iris und kramte wieder in ihrer Handtasche. „Du hast einen Schlüssel!", sagte sie und legte einen metallisch glänzenden Sicherheitsschlüssel auf den Tisch.

Er sah ganz normal aus. Auf einem roten Plas-
tikanhänger stand ein Straßenname und eine
Hausnummer. Ich musste schlucken. „Wie sieht
die Wohnung dazu aus?"

„Oh, wie jedes andere Appartement auch. Ein Zimmer, ein Bad und eine Kochnische. Im Zimmer steht ein großes französisches Bett, daneben Kondome. Im Kühlschrank sind Prosecco, Mineralwasser und Orangensaft. Wenn ihr fertig seid, räumst du auf und machst das Bett frisch."

„Wo genau hat die Agentur Ihren Sitz?", fragte ich weiter.

„Oh …" Iris machte eine Handbewegung, als wollte sie Fliegen verscheuchen. „In Mannheim, warum?"

„Dann muss ich also immer nach Mannheim fahren, wenn ich arbeiten will?"

„Nein, natürlich nicht!", lachte Iris, die meine Unwissenheit noch immer höchst komisch fand. „Die Agentur ruft dich an, wenn es Arbeit gibt und du gehst dann in die Wohnung und wartest auf deinen Freier."

„… deinen Freier". Die Worte hörten sich seltsam an. Mir war, als ginge eine Tür auf und ich erhaschte einen Blick auf eine mir vollkommen fremde Welt. Doch auch wenn ich wenig Neigung hatte, diese Welt zu betreten, gab es im Moment kein Zurück.

„Und, bist du dabei?", fragte Iris und zog kräftig an einer weiteren Zigarette. Den Rauch ließ sie lasziv aus den Nasenlöchern zurück strömen. Bei ihr sah es überhaupt nicht ordinär aus.

„Hast du das auch getan?", fragte ich sie.

„Was?"

„Für Geld mit Männern geschlafen."

Sie nickte. „Natürlich", antwortete sie und zuckte mit den Schultern. „Es gibt keine schnellere Art, legal Geld zu verdienen."

„Und Geld ist alles, was zählt?"

Iris inhalierte wieder. Mit der Antwort auf diese Frage wartete sie einen Moment, wobei sie mich nicht aus den Augen ließ. Einen Moment befürchtete ich, meine Tarnung wäre aufgeflogen. Doch dann antwortete sie. „Nun, wenn du dir Gedanken über Moral machst, bist du hier sicherlich verkehrt. Die Männer, die bei uns anrufen, wollen ein wenig Spaß und wenn du das auch willst, bist du richtig."

„Ist es denn nicht auch gefährlich?"

„Nein. Wir sind schon seit fünfzehn Jahren auf dem Markt und haben in der Regel Stammkunden. Sie wissen, dass uns die Frauen anrufen, bevor sie das Appartement betreten und sobald sie es wieder verlassen. Wenn sich eine bei uns nicht meldet, werden wir nervös und schicken die Polizei. Das ist aber erst zwei Mal passiert. Einmal waren die beiden einfach noch zu Gange und beim zweiten Mal hatte die Frau vergessen, sich abzumelden. Du siehst also: sicherer geht es gar nicht."

Ich war nicht wirklich überzeugt, aber das musste ich ja auch nicht sein. Ich hatte nicht vor, den Schlüssel anzunehmen, der noch immer zwischen uns auf dem Tisch lag. Doch ein paar Fragen hatte ich noch. „Was ist, wenn ich als Frau zu dem Termin komme und dort ist, sagen wir mal, mein Chef?!"

Iris lachte. „Du wirst lachen, das ist mir wirklich mal passiert. Ausgerechnet mein Rechtsanwalt hatte ein Callgirl zu sich nach Hause bestellt. Ich war gerade in der Zentrale, als der Anruf einging. Ich habe eine Sekunde lang drüber nachgedacht und bin hin. Sonst hätte schließlich eine andere das Geld verdient. Dann lieber ich!"

„Und was sagte er dazu?"

„Er war ganz schön verdutzt, als er mir die Tür aufmachte. Er dachte, ich wäre gekommen, um einen Fall zu besprechen und wollte mich an der Tür abwimmeln. Doch ich schob ihn einfach in den Flur und sagte: ‚Halt die Klappe, mich hast du bestellt!"

„Und war ihm das recht?"

„Er war ziemlich verdutzt, aber, ja, doch …" Iris drehte ihre Augen nach links oben und schwelgte offensichtlich in einer schönen, erotischen Erinnerung. Dann fiel ihr Blick wieder auf mich und sie setzte sich auf. Aus ihrer exklusiven Handtasche zog sie jetzt einen zusammen-gefalteten Bogen

Papier, den sie glatt strich und vor sich auf den Tisch legte.

Ich muss dich jetzt noch ein paar Dinge fragen", erklärte sie. „Was du sexuell zu tun bereit bist."

Als sich ihre Augen jetzt fest auf mich richteten, fühlte ich mich in die Enge gedrängt. Ich konnte mir gar nicht vorstellen, dass ich zu irgendetwas bereit sein könnte, und mir wurde plötzlich heiß und kalt zugleich. Ich warf einen Blick an die Rezeption, wo vorhin noch die beiden Männer gestanden und zu Iris herübergestarrt hatten. Jetzt stand dort ein kleiner, kugelbäuchiger Mann, der sich ganz offensichtlich über irgendeinen Missstand beschweren wollte. Sein Kopf war puterrot angelaufen und er schwitzte sichtlich. Nicht auszudenken, wenn er nur zehn Minuten später mein „Freier" hätte sein wollen.

„Wollen manche auch einfach nur reden?", fragte ich.

„Reden wollen sie alle. Ein bisschen angeben, sich wichtig machen, gelobt werden. Aber dann kommen sie alle zur Sache", desillusionierte mich Iris und sah auf ihren Fragebogen. „Die meisten wollen entweder die Missionarsstellung oder von hinten. Und vorher etwas französisch? Das machst du doch?"

Ich nickte, während ich noch immer den Mann an der Rezeption beobachtete. Das Lächeln der jun-

gen Frau, die ihn bediente, hatte jegliche Freundlichkeit verloren. Der Hotelgast genoss es sichtlich, seinen Ärger an ihr auszulassen. Mir schau-
derte.

„Was ist mit Griechisch?", fragte Iris.

„Griechisch?", fragte ich irritiert zurück.

„Analverkehr", erklärte Iris. Ich schüttelte den
Kopf.

„Nein? Dann also auch kein Sandwich?"

„Sandwich? Oh, du meinst, zu dritt?"

„Ja, ich meinte zu dritt. Aber wenn du kein Sand-
wich machst, ist es für die Männer uninteressant.
Machst du es wenigstens mit einer anderen
Frau?"

Das „wenigstens" hatte gesessen. Ich sah Iris an
und bejahte. „Mit einer Frau, zu dritt? Ja. Schon."

„Kannst du auch eine ganze Nacht?", fragte Iris,
die der Reihe nach die Abkürzungen auf ihrer
Liste mit Plus- und Minuszeichen versah. Ich
dachte an Rolf, meinen langjährigen Lebensge-
fährten.

„Warum nicht?", log ich.

Iris setzte ein Plus in die Liste und fragte weiter.
„Wie sieht es mit Sado-Maso aus?"

„Nein", antwortete ich.

„Wenigstens Bondage?"

„Nein!"

„NS? Natursekt?"

„Nein!!"

Iris seufzte. „Dann kann ich wohl alles andere auch abhaken."

Tatsächlich zeichnete sie noch mehrere Minuszeichen in ihren Fragebogen, sah ihn nochmals aufmerksam von oben bis unten an, zuckte mit den Schultern und steckte ihn zurück in ihre Handtasche. Ich hatte den Eindruck, ihren Ansprüchen nicht genügt zu haben. Dieser Eindruck verstärkte sich noch, als sie mich mit einem „Naja, was-will-man-machen-Blick" ansah und sich dann eine letzte Zigarette anzündete.

„Und wie geht es jetzt weiter?", fragte ich zaghaft.

„Du bekommst jetzt von mir den Schlüssel und unterschreibst eine Quittung dafür. Nur der Form halber." Bei so viel Bürokratie musste ich dann doch wieder lächeln.

„Und das Geld? Wie bekomme ich es und wie viel ist für mich drin?"

„Ja, je nachdem, was wir im Vorfeld mit dem Kunden und dir vereinbaren, wird ein bestimmter Betrag fällig. Die Hälfte davon gehört dir, die andere Hälfte zahlst du sofort ein. Hier sind Einzahlungsbelege."

Iris legte einen ganzen Packen auf den Tisch. „Da du nicht gerade viele Sonderwünsche erfüllst, sind es natürlich keine Spitzensätze, die da auf dich zukommen. So zwischen zweihundert und fünfhundert Euro zahlen die Herren, je nachdem. Man sagt dir das vereinbarte Honorar am Telefon, wenn man dich in das Appartement schickt. Und wenn ihr fertig seid, kassierst du ab, verabschiedest deinen Gast und rufst in der Agentur an. Dann wissen wir auch gleich, dass das Appartement wieder frei ist."

Ich nickte und Iris schob mir die Papiere zu. Dann entnahm sie ihrer Handtasche noch eine Visitenkarte auf der mit goldenen Buchstaben „I.S." und eine Handynummer stand. „Wenn du ein Problem hast, kannst du mich jederzeit anrufen."

Dann hatte sie es plötzlich eilig. „Hast du den Schlüssel? Die Einzahlungsbelege? Meine Visitenkarte?"

Ich nickte drei Mal.

„Ich wünsche dir einen guten Start in unserer Agentur!", sagte Iris zum Abschluss und schüttelte mir die Hand zum Abschied. Dann stöckelte sie zielbewusst nach draußen und ließ mich in ihrer Duftwolke stehen.

Ich habe nie wieder etwas von ihr oder der Agentur gehört. Anscheinend fand Iris mich nicht vermittelbar, denn ich bekam niemals einen Anruf. Den Schlüssel für das Appartement habe ich noch.

Er liegt bei mir zuhause in einer Schublade mit vielen anderen Schlüsseln. Manchmal habe ich Lust, ihn zu nehmen und mir das Appartement wenigstens einmal anzusehen. Aber dann finde ich, das ginge doch etwas zu weit.

Frau K. (3)

Eine Nachbarin traf Frau K. beim Handarbeiten.

„Ich hätte nicht gedacht, dass Sie sticken!", sagte sie.

„Ich habe tatsächlich ein großes Talent", antwortete Frau K.

„Im Sticken?", fragte die Nachbarin ungläubig.

„Nein", antwortete Frau K., „im zu Ende zu bringen, was ich einmal angefangen habe."

De neue Kolleeg

De neue Kolleeg hat mer glei gfalle. Vor allem sei Nas.

„Wieso denn sei Nas?", hat mei Freundin Babsi gfragt.

„Wieviel Menner kenschn du, die e schöne Nas habbe?"

D'Babsi hat e Weile üwerlegt, un dann hat se mer recht gebbe. Menner mit schöne Nase gibts net viel.

De Kolleeg war aus Hamburg un hat grad bei uns angfange ghabt. Ich hab ihn glei e bissle umgarne wolle, abber er isch net so recht aagsprunge. An de Sprachbarriere kanns aber net glege habbe, schließlich kann ich au Hochdeutsch. Sderf ruhich jeder merke, dass ich schtudiert hab. Un bei uns im Gscheft wird eh so hochgschraubt geschwetzt.

S'hat also e gude Weil gedauert, bis ich den Kerle samt seinerer Nas an de Ludwigsplatz schleppe konnt. Dort hammer uns in d'Sonn gsetzt und e Weile gar nix gsagt. Dann hammer übbers Gscheft gschwetzt. Dann hammer widder gschwiege. Un dann hat die Babsi aagrufe. Uffm Hendie.

Swar e bissele blöd, net nur, weil ich vergesse hab, des Ding auszuschalte. Swar au blöd, weil die

Babsi ja jetzt hat wisse wolle, ob mein Kolleeg aagebisse hat. Ich konnt jetzt schlecht sage: Wart noch e Vierdl Schtund, vielleicht taut er noch uff, un ausheule konnt ich mich erscht recht net.

„Hallo, Babsi", hab ich daher ganz unverbindlich gsagt, „was machschn grad?"

D'Babsi hat glei gmerkt, was los isch und hat gfragt: „Na, klappts net so recht?", und ich hab e „Noi" in mei Hendie gseufzt.

Mittlerweile hat mich mein Kolleeg scho ganz interessiert aagsehe. „Alla Tschüss!", hab ich noch gsagt unds Hendie ausgschalde.

„Ihnen ist ja Ihr Heimatdialekt durchaus geläufig!"

Mei Kolleeg war richtich erschtaunt.

„Hoijo", hab ich gnickt.

„Wenn Sie Karlsruherisch reden, sehen Sie gleich ganz anders aus. Ein bisschen wie ein junges Mädchen, nicht mehr so die Business-Frau. Richtig nett."

Jetzt hadder mich abber aagstrahlt, mein neuer Kolleeg. Offesichtlich war ihm da grad was klar worre. Dass in meim Koschtüm e normale Frau schteckt un hinner meim schtudierte Hochdeutsch e badische Heimat. Mit nem Ortsteil, wo ma gebore isch un mit Freunde, die mer noch von de Schul kennt.

124

Ich het zwar net gedacht, dass meim Kolleeg des gfalle dät, aber des hatsm wohl. Denn von dem Moment an hat er richtich mit mer gflörtet. Un wer woiß, vielleicht wird noch was Ernschtes draus …

Frau K. (4)

„Warum bleiben Sie nicht im Bett, wenn Sie so krank sind?"

„Ich bin doch kein Kind mehr."

Die Geschichte von der Prinzessin Trallala

Es war einmal ein eigenartig kühles Land, in dem wuchs eine Prinzessin heran, die als Kind schon so schön war, dass jeder jubilierte, der sie sah. Und weil die Prinzessin ein fröhliches Kind war, gerne lachte und gerne sang, nannte man sie die Prinzessin Trallala.

Wie die Prinzessin zu einer Frau heranwuchs, wurde sie mit jedem Tag schöner. Und weil das Volk so viel Schönheit noch nie zuvor gesehen hatte, stellten sie die Prinzessin auf einen Sockel.

Zuerst war es nur ein kleiner Sockel und jeder hätte ihr noch die Hand reichen können, wenn er es nur gewollt hätte. Doch den Menschen genügte es, die Prinzessin anzusehen und zu bewundern und vergaßen dabei, dass es sich um einen Mensch aus Fleisch und Blut handelte. Jeder kam, wann immer er konnte, zu dem Sockel, auf dem die Prinzessin Trallala stand und bestaunte und bewunderte sie. Und so wuchs der Sockel immer höher und höher, bis die Prinzessin hoch oben in der Luft stand, zwar von allen bestaunt und bewundert, aber ganz allein.

In dieser schwindelnden Höhe und so einsam, wie nur irgend jemand auf dieser Welt sein konnte, vergingen der Prinzessin die Lieder und sie weinte bitterlich. Und weil niemand da war, der ihr Herz erwärmte, gefroren diese Tränen auf dem Weg nach unten zu Eis. Wie das Eis am Boden aufkam, bildete es sofort eine gläserne Schicht und nach und nach, nach vielen Tagen und Wochen, hüllte eine dicke Eisschicht den Sockel der Prinzessin ein, bis sie hoch oben auf einem Eisberg stand.

Da bewunderten die Menschen die Schönheit ihrer Prinzessin, die jetzt so weit über ihnen und unerreichbar war, noch mehr. Ganze Volksfeste wurden am Rande des Eisberges ausgerichtet. Die Menschen stellten Buden auf und veranstalteten Jahrmärkte, um der schönen Prinzessin zu huldigen. Damit lockten sie auch manchmal Glücksritter an, die versuchten, der Prinzessin etwas näher zu kommen. Doch die Wagemutigen, die zu ihr nach oben reiten oder klettern wollten, rutschten auf den spiegelglatten, zu Eis gefrorenen Tränen der Prinzessin ab, noch bevor sie ihr Ziel erreichten. So stand die arme Prinzessin Trallala gefeiert, aber ganz allein in schwindelnder Höhe und weinte weiterhin so bitterlich, dass ihr Eisberg immer höher und höher wurde.

Zur gleichen Zeit gab es in dem Land eine Magd, die war bekannt für ihre warmen Hände. Es gab keine Kuh, die sich nicht gerne von ihr melken ließ und keinen Hund, der nicht gerne in ihrer Nähe war. Wen auch immer die Magd mit ihren warmen Hände berührte, der fühlte sich sogleich beschützt und geborgen.

Diese Magd hörte von der Schönheit der Prinzessin Trallala und ging eines Tages, als alle Kühe gemolken und alle Hunde gestreichelt waren, an den Ort, an dem die Prinzessin auf ihrem gläsernen Eisberg stand. Doch statt dass sie vom Anblick der schönen Prinzessin nur beeindruckt gewesen wäre, füllte sich ihr Herz mit tiefstem Mitleid. „Was bist du so schön, Prinzessin", rief sie hinauf, „und was bist du so einsam."

Die Prinzessin freute sich, dass jemand ein Wort an sie richtete und antwortete: „Magd, bitte komm doch her und erzähl mir ein bisschen etwas von deinem Leben. Ich bin so alleine hier und ich habe die Lobgesänge satt!"

Da versuchte die Magd, den Berg zu erklettern, aber wie alle vor ihr scheiterte sie. „Prinzessin", rief sie wieder hinauf, „ich schaffe es nicht, zu dir zu kommen, der Berg ist so kalt und der Berg ist so glatt."

„Bitte Magd," rief die Prinzessin zurück, „versuch es doch noch einmal. Ich bin so alleine hier und würde mich freuen, wenn du mir Gesellschaft leisten könntest."

Da versuchte es die Magd noch einmal und wie sie mit ihren warmen Händen den Berg berührte, bemerkte sie, wie langsam das Eis schmolz und in kleinen Rinnsälen über ihre Füße lief. „Halte durch, Prinzessin", jubelte sie nach oben, „vielleicht bringe ich den Berg zum Schmelzen!" Und sie legte ihre warmen Hände immer wieder auf das kalte Eis, das aus den Tränen der Prinzessin entstanden war.

Es dauerte viele Tage und Wochen, bis der Eisberg geschmolzen war. Die Magd hatte nur kleine Hände und der Berg war so riesig. Manchmal war die Magd ganz verzweifelt, weil ihre Hände so kalt wurden und sie steckte sie dann für einen kurzen Moment in ihre Taschen, damit sie wieder warm wurden. Und immer, wenn die Magd ihre Hände in ihre Taschen steckte, bekam die Prinzessin Angst, die Magd könnte aufgeben und fing wieder an zu weinen. „Hör auf zu weinen, Prinzessin", rief die Magd dann sogleich, „vertraue mir, ich schaffe den Berg schon. Aber wenn du mir nicht vertraust, wird aus deinen Tränen Eis und ich muss wieder und wieder von vorne anfangen."

Da hörte die Prinzessin auf zu weinen und wartete geduldig, bis die Magd mit ihren warmen Händen alles Eis zum Schmelzen gebracht hatte. Das Eiswasser floss in Strömen um die Magd herum und schwemmte die Jahrmarktbuden mit sich fort. Einzig die Magd hielt dem Strom stand und taute mit ihren warmen Händen das Eis weiter auf. Und wie ihre Arbeit beendet war, stand die Prinzessin Trallala auf ihrem hohen Sockel in einem kleinen See, in dem die Magd bis zum Hals im Wasser stand.

„Nun habe ich alles Eis zum Schmelzen gebracht", jammerte da die Magd, „doch du stehst noch immer so hoch oben und so weit weg von mir!"

„Keine Sorge, kleine Magd", rief da die Prinzessin, „ich werde zu dir hinunter springen!"

„Tu das nicht", warnte die Magd, „du wirst dich verletzen!"

„Das ist mir egal", antwortete die Prinzessin, „aber es ist so einsam hier oben und ich will zu dir nach unten kommen. Wer weiß, vielleicht ist der See tief genug, dass mir nichts geschieht."

Und so sprang die Prinzessin in den See ihrer eigenen Tränen und klatschte direkt neben der Magd mit den warmen Händen auf. Dabei stürzte sie jedoch so unglücklich, dass sie das Bewusstsein verlor. Doch die Magd griff nach ihr und trug sie vorsichtig an den Rand des Sees. „Ach, liebe Prinzessin", flehte sie, als die Prinzessin so regungslos am Ufer lag, „bitte wach doch auf."

Doch die Prinzessin wollte und wollte ihre Augen nicht öffnen, so dass die Magd schon ganz verzweifelt war. Aber wie sie die schöne Prinzessin so vor sich liegen sah, konnte sie nicht anders und streichelte sie ganz vorsichtig mit ihren warmen Händen. Und wie sie die Prinzessin lange gestreichelt und lange an ihr gerieben hatte, da kehrten auch deren Lebensgeister zurück und die Prinzessin schlug die Augen auf. Sie griff mit ihren Händen nach den warmen Händen der Magd, küsste sie vor Glück und Dankbarkeit und versprach, sie nie wieder loszulassen.

Und wenn sie nicht gestorben sind, so leben die beiden noch heute.

Die Magd zieht weiter

Nachdem die Prinzessin stundenlang gestreichelt und geknuddelt worden war und endlich die Augen aufgeschlagen hatte, griff sie mit ihren Händen nach den warmen Händen der Magd, küsste sie vor Glück und Dankbarkeit und versprach, sie nie wieder loszulassen.

Dann herzten sich die beiden Frauen lange und innig. Dabei streichelte und rieb die Magd die Prinzessin weiter und weiter und man hätte fast sagen können, sie liebten sich, wenn es nicht so schrecklich einseitig gewesen wäre.

Danach lagen sie still, ruhig und glücklich im Gras und freuten sich ein paar Momente lang ihres Lebens. Dann reckte und streckte sich die Prinzessin, gähnte ausgiebig und fragte: „Wo sind eigentlich meine Bewunderer?"

„Die hat der Eisstrom weggeschwemmt!", bedauerte die Magd.

„Was?? Alle weg?", entsetze sich Prinzessin Trallala. „Alle? Wirklich alle?"

„Du siehst ja ...", antwortete die Magd und zeigte mit einer Handbewegung auf den See und das Land darum, „... es ist keiner mehr da!"

„Oh, wie schrecklich!", klagte da die Prinzessin. „Ich wollte doch Gesellschaft und nun sind alle weg!"

„Ich bin ja hier!", sagte die Magd da kleinlaut.

„Und das ist auch gut so!", antwortete die Prinzessin lächelnd, denn sie hatte eine Idee: „Du könntest mich nach Hause tragen!"

„Nach Hause tragen?", wiederholte die Magd ungläubig.

„Ja, ich bin doch noch so durchgefroren und meine Gelenke schmerzen. Denke doch einmal daran, wie lange ich auf diesem Sockel stand, meine Muskeln sind so schwach, ich bin kaum mehr in der Lage, mich fortzubewegen!", behauptete die Prinzessin.

„Ich kann dich gerne stützen, Prinzessin", meinte die Magd da, „aber nach Hause tragen, das schaffe ich nicht!"

Und so kam es, dass die Magd die Prinzessin auf ihrem langen, beschwerlichen Weg nach Hause stützte. Und wie sie so vor dem Schloss der Prinzessin standen, ließ die Magd die Prinzessin los und sagte: „So, die letzten Meter schaffst du bestimmt alleine!"

„Aber willst du mich nicht begleiten?", fragte die Prinzessin ungläubig. „Ich möchte dich meinen Eltern vorstellen. Sie werden dich für deine Dienste sicher gerne reichlich entlohnen."

„Danke, schon gut", wehrte die Magd ab, „aber ich nehme eine Erfahrung mit nach Hause und das ist Lohn genug."

Sprach's, ließ die Prinzessin stehen und ging zurück zu ihren Tieren.

Prinz Heißsporn

Es war einmal ein riesengroßes Reich, das ein mächtiger König beherrschte. An dieses Reich grenzten zwei weitere Länder, die ebenfalls so groß waren wie das Reich unseres Königs und die ebenfalls von mächtigen Königen beherrscht wurden.

Über die Jahre gebar die Königin drei Söhne, die allesamt stattlich und groß wuchsen, bis auf den jüngsten, der eher zierlich und zart anzuschauen war.

Eines Tages war es für den König an der Zeit, an die Vermählung seiner Söhne zu denken. Dem Ältesten dachte er die Prinzessin zu, deren Vater das Reich zur seiner Linken beherrschte. Dem mittleren Sohn versprach er, ein gutes Wort für ihn beim Vater der Prinzessin aus dem Reich rechts von seinem einzulegen. Und so geschah es und beide Male wurde Hochzeit gefeiert, so groß und so üppig, dass alle sich freuten.

Nur der jüngste Sohn freute sich nicht. Denn mit der Hochzeit seines mittleren Bruders gab es keine Prinzessin mehr im Umkreis, die seine Frau hätte werden können. Da weinte er bitterlich eintausend Tränen. Schließlich kam der König zu ihm und sprach: „Sohn, bitte weine doch nicht. Es gibt viele schöne Dinge auf dieser Welt, warum willst du denn unbedingt heiraten? Geh auf die Jagd, geh in die Dörfer, nimm dir, was du brauchst. Wenn du Krieg willst, nimm dir Krieger, wenn du Abenteuer willst, nimm dir Boote - was immer du willst, ich kann dir alles geben, nur keine Prinzessin mehr."

Da hörte der junge Prinz auf zu weinen, nahm sich ein wildes Pferd aus dem Stall und ritt von dannen. Und von Stund' an hörte man die Legenden um den jungen Prinzen, den alle bald nur noch Prinz Heißsporn nannten.

Anfangs wurden diese Geschichten noch ganz leise erzählt. Das Volk hielt sich die Hand vor den Mund und sprach von blutigen Schlägereien im Wald, die Prinz Heißsporn angezettelt haben soll. Doch dann wurden die Stimmen lauter und es war von wilden Männern die Rede, die mit dem Prinzen plünderten und brandschatzten. Nur wenig später sprach das Volk unverhohlen von wilden Kämpfen mit Bären, Tigern und Wölfen, von denen der Prinz zwar Blessuren davon getragen, die er aber auch immer gewonnen hatte. Und schon bald war vom Prinz Heißsporn nur noch die Rede als von einem, der nur verbrannte Erde hinterließ. Bald schon fürchteten sich die Menschen vor dem Prinzen.

So gingen die Jahre ins Land und Prinz Heißsporn war noch immer unterwegs. Eines Tages aber kam er mit seinem Gefolge in ein Dorf, wo er von einer wundersamen Magd hörte, die so

140

warme Hände haben sollte, dass sie sogar einer Prinzessin das Leben gerettet hatte.

Er ritt sofort an den Stall, in dem sie gerade die Kühe molk. „Hallo, Magd", sprach er sie an. „Ich bin Prinz Heißsporn und ziehe seit Jahren durch die Lande. Ich habe viel erlebt, aber mein Herz ist dabei kalt geworden. Doch die Abenteuer habe ich jetzt gründlich satt. Leg doch bitte deine warmen Hände auf mein Herz, vielleicht kannst du es wärmen."

„Oh, Herr", seufzte da die Magd. „Ich fürchte, ich kann Ihnen nicht helfen. Meine Hände sind nicht dafür geschaffen, Herzen zu wärmen, das musste ich erst kürzlich schmerzlich einsehen. Und ehrlich gesagt, möchte ich sie auch nicht auf eine Männerbrust legen!"

Das erzürnte den Prinzen Heißsporn, der sich bisher alles erkämpft hatte, bis auf eine Frau. „Hascht sie!", befahl er seinem Gefolge, das sich daraufhin auf die Magd stürzte und gefangen hielt. Sie wehrte sich mit aller Macht, kam aber gegen die Gefolgsleute des Prinzen nicht an. So musste sie es geschehen lassen, dass sie zu dem Heißsporn geführt und ihre Hände auf seine Brust gelegt wurden.

Schließlich standen sie minutenlang da, ohne dass etwas geschah.

„Deine Hände sind gar nicht so warm, wie man es mir berichtet hatte!", empörte sich der Prinz dann und riss sich los. „Ich spüre kein bisschen Wärme!"

„Das habe ich Ihnen doch gesagt", schluchzte da die Magd, „kalte Herzen können von außen nicht gewärmt werden, auch von meinen Händen nicht!"

Da wurde der Prinz so wütend, dass er die Magd erschlagen ließ und mit seinem Gefolge weiter ritt.

Und wenn sie nicht gestorben sind, so werden sie bald das Schloss der Prinzessin Trallala erreichen. Den Rest kann man sich denken.

Anmerkungen

Seite 9:

Das Glück ist ein dämliches Grinsen, 2010

Geschrieben 2010 für das Online-Magazin Ava, das es heute leider nicht mehr gibt.

Seite 13:

Konkrete Poesie, 1975

Seite 15:

Geschichten von Frau K., 2010- 2018

Wenn es in der Literatur Geschichten von Herrn K. gibt (Bertold Brecht), warum sollte es dann keine über Frau K. geben? Es muss ja nicht immer gleich Literatur sein ... 😊

Die Personalpronomen „er" und „sie" sind je nach Geschlecht und sexueller Orientierung beliebig austauschbar.

Seite 17:

Donegal: 2018 nach einem Donegal-Urlaub geschrieben, in der Zeitschrift „Wahre Bekenntnisse" 37/2018 veröffentlicht.

Seite 37:

Erinnerung an den Jahrhundertsommer 2018.

Seite 39:

Der Beschluss, 2018, nach einer wahren Begebenheit.

Ideenführend für diese Geschichte ist ein Beschluss des Bundesgerichtshofs vom 08. Februar 2017. Der XII. Zivilsenat hat damals per Beschluss einen solchen Fall „zur erneuten Behandlung und Entscheidung" an das Landgericht zurückgewiesen (XII ZB 604/15) – eine Entscheidung, die mich sehr bewegt hat.

Zur Erinnerung: Der Bundesgerichtshof mit Sitz in Karlsruhe und einem Senat in Leipzig ist in zwölf Zivilsenate, fünf Strafsenate und acht Spezialsenate unterteilt. Die Fälle werden regelmäßig zunächst von einer Richterin oder einem Richter des Senats vollumfänglich bearbeitet. Diese sogenannten Berichterstatter bereiten eine Entscheidung meist in allen Einzelheiten vor. Das Ergebnis wird danach mit den Senatskollegen - es müssen stets fünf sein - diskutiert und gegebenenfalls geändert. Alle fünf formulieren dann gemeinsam die endgültige Fassung des Urteils oder des Beschlusses und verkünden die Entscheidung „im Namen des Volkes".

Zuständig für den der Geschichte zugrunde liegende Fall war der XII. Zivilsenat, dessen Zusammensetzung mit nicht bekannt ist. Die von mir beschriebene Richterin und ihre Lebensgefährtin entstammen meiner Phantasie. Auch die Handlung ist reine Fiktion.

Im November 2018 hat sich der unter anderem für Betreuungssachen zuständige XII. Zivilsenat des

Bundesgerichtshofs erneut mit den Anforderungen befasst, die eine Patientenverfügung im Zusammenhang mit dem Abbruch von lebenserhaltenden Maßnahmen erfüllen muss.

Endlich erging das für die betroffene Frau erlösende Urteil: Weil sie „für ihre gegenwärtige Lebenssituation eine wirksame Patientenverfügung erstellt hatte, ist diese bindend: Die Gerichte sind damit nicht zur Genehmigung des Abbruchs der lebenserhaltenen Maßnahmen berufen, sondern hatten die eigene Entscheidung der Betroffenen zu akzeptieren und ein Negativattest zu erteilen", so der BGH in einer Pressemeldung am 13.12.2018, fast genau vier Monate nach Erscheinen dieses Buches.

Wer sich fragt, warum ich zum Erzählen der Geschichte ein Frauenpaar gewählt habe: Stellen Sie sich vor, der Richter wäre männlich, die Partnerin weiblich und umgekehrt. Könnten Sie sich bei diesen Konstellationen mühelos ein derartiges Gespräch auf Augenhöhe vorstellen?

Seite 49:

Alles offen, 1975

Seite 51:

Christine im Spiegel, 2002

Seite 55:

In der Nacht, 2015

Seite 57:

Herz-Dame, 2018

Diese wahre Geschichte wurde von mir 2018 für die Zeitschrift „Mein Geheimnis" aufgezeichnet, in der sie auch veröffentlicht wurde.

Das Fest der Diamantenen Hochzeit feierte das Paar im Juni 2018. Die Geschichte „Herzdame" erschien damals in einer Hochzeitsfestschrift, die von der ältesten Tochter erstellt worden war und an alle Gäste zur Erinnerung verteilt wurde.

Seite 65:

siehe Seite 15

Seite 67:

„Die Sache mit der Käsesoße" erschien 2007 in einem Medium des   Conpart-Verlags, Hamburg

„Schreib doch mal was über …" Diesen Satz hört man als Journalistin beziehungsweise Redakteurin häufig. Mal soll man sich des unerhörten Benehmens des Nachbarn annehmen, mal eine Bresche für den Tierschutz schlagen, mal Minderheiten oder bislang verkannten Produkten zu mehr Bekanntheit verhelfen. Alles schön und gut, nur haben festangestellte Redakteure meist ein spezielles Resort, das sie bearbeiten müssen, und freiberuflich arbeitende Redakteure wie ich brauchen erst einmal jemanden, der die Reportage oder Geschichte druckt.

Deshalb bin ich auf „Die Sache mit der Käse-sauce" besonders stolz, auch wenn sie sicherlich kein Highlight meiner „Werke" ist: Die Ge-schichte entstand auf Anraten einer Kollegin, fand aber lange keinen Abnehmer. Ich war bei den Redaktionen für meine medizinischen Be-richterstattungen und Reportagen bekannt, nicht für „Lore-Romane". Schließlich war es der Con-part-Verlag, der zugriff und machte „Die Sache mit der Käsesoße" zur ersten belletristischen Ge-schichte, die mir ein Verlag abkaufte und Eins-zu-Eins druckte – allerdings erst nachdem ich ihn in die Ich-Form umschrieb. Der Conpart-Verlag ist bis heute mein Kunde.

Wie sich „Die Sache mit der Käsesoße" in der Ich-Form liest, können Sie sich ab Seite 153 anschauen, was ich übrigens immer den Schülern meiner Kurzgeschichten-Seminare empfehle, um ihnen den Unterschied zwischen einer „personalen Er-zählweise" und der „Ich-Form" näher zu bringen. Was liegt Ihnen mehr?

Seite 77:

„Dornröschen" entstand Anfang der 1980-er Jahre.

Seite 79:

„Ein geregeltes Leben", 2010.

Unter diesem Titel sollten Schülerinnen einer Fernakademie im Kursus „Schreiben lernen" eine

Kurzgeschichte schreiben. Sie fühlten sich überfordert und baten mich um Rat. Wir sprachen einen Abend lang darüber und zum Schluss schrieb jede von uns eine Geschichte mit diesem Titel: „Ein geregeltes Leben". Dies ist meine.

Seite 85:

Haiku I, entstand 2006

Damals war es irgendwie schick, auf Partys Haikus zu schreiben.

Zur Erinnerung: Ein Haiku ist die kürzeste Gedichtform der Welt und stammt aus Japan. Das Gedicht hat insgesamt siebzehn Silben in drei Zeilen (5-7-5). Ein Haiku muss sich also nicht reimen, sondern nur die Silbenzahl einhalten.

Seite 87:

„Fisch", aus dem Buch: „Und du bist weg! Wahre Geschichten vom Sterben", Mai 2017

In Erinnerung an J.W., *12.06.1883 – †13.10.1964 in Klapfenberg.

Diese Geschichte ist noch immer meine Lieblingsgeschichte, daher wollte ich sie unbedingt auch in diesem Buch haben. Sie erzählt eine wahre Begebenheit nach.

Der Tod von J.W. ist in der Oberpfalz rund um den noch immer recht kleinen Ort Klapfenberg zur Legende geworden. Noch heute erzählt man sich von dem Mann, der in der Gaststätte an einem Hering starb. Allerdings sorgte die Zeit auch dafür, dass sich mehrere Versionen dieser Geschichte verbreiteten, in einer davon soll J.W. sogar am Hering erstickt sein.

Dass ich mich für diese Version der Geschichte entschieden habe, hat einen guten Grund: J.W. war mein Großvater und auch wenn ich ihn gar nicht gekannt habe, weiß ich es doch besser. Schon als kleines Mädchen hörte ich von dem Mann, dessen Herz in einem Gasthof aufgehört hatte zu schlagen, nachdem er eine zweite Portion seines Lieblingsessens bestellt hatte. Ich habe mir immer gewünscht, es ihm einmal gleichzutun und auf diese friedliche, stille Weise einfach zu gehen. Ob mir das vergönnt sein wird? Ich werde sehen ...

Mein ganz besonderer Dank geht an dieser Stelle an die Familie E., deren Wurzeln auch in Klapfenberg liegen und die noch ganz in der Nähe leben. Sie teilten mit mir ihre Erinnerungen an diese Zeit und haben mir damit bei der Recherche sehr geholfen.

Seite 101:

siehe Seite 95

Seite 103:

„Scheidungsgrund", entstand 2009

„Fingerübung" für die Schülerinnen einer Fernakademie im Kursus „Schreiben lernen" als Beispiel für ironisch-süffisanten Erzählstil.

Seite 107:

siehe Seite 95

Seite 109:

„Ein ungewöhnliches Bewerbungsgespräch", erschien 2006 in der „Neuen Woche".

Dichtung oder Wahrheit? Was meinen Sie?

Seite 123:

siehe Seite 15

Seite 125:

De neue Kolleeg, 2011

Seite 129:

siehe Seite 15

Seite 131, Seite 137 und Seite 141:

Diese Märchenserie entstand 2000 und 2002.

Cover:

Von Heike Falkenstein, Falkenstein Büro für Gestaltung, Karlsruhe

Das Gesicht in der Spielkarte entnahm sie meiner Autogrammkarte aus dem Jahr 2001. Heute sehe ich natürlich viel besser aus!

Noch einmal in der „Ich-Form":

Die Sache mit der Käsesoße

„Bitte, Michael, du musst mir helfen!"

Ich ließ meine großen blauen Augen wie ein kleines Mädchen kullern. Dabei bin ich alles andere als klein: immerhin 1,78 Meter groß, 31 Jahre alt, eine erfolgreiche Kauffrau und seit kurzem sogar stolze Besitzerin einer eigenen Versicherungsagentur. Trotzdem: Im Moment fühlte ich mich wieder wie ein kleines Mädchen, das etwas haben wollte und nicht bekam.

Und wer würde das besser verstehen als Michael? Mein guter, alter Freund aus Kindertagen! Von meinen Kulleraugen nahm er ohnehin keine Notiz. Und auch nicht von meinem neuen, hautengen Etuikleid, das ich gerade trug und das meine durchtrainierte Figur trefflich zur Geltung brachte.

Stattdessen rührte Michael eine Rosmarinsoße an. Der dazugehörige Braten dampfte bereits im Ofen. Michael war für seine Kochkünste bekannt und ich hatte das Glück, oft eingeladen zu werden. Mit meinen eigenen Kochkünsten ist es nämlich nicht weit her, was übrigens auch der Grund war, warum ich jetzt unbedingt Michaels Hilfe brauchte. Er seufzte. „Gib mir noch zwei Minuten, dann steht das Essen auf dem Tisch und du kannst mir diese haarsträubende Geschichte noch einmal von Anfang bis Ende erzählen."

Mir kamen diese zwei Minuten wie eine Ewigkeit vor. Ich zappelte auf meinem Stuhl wie ein Teenager. Nur ganz nebenbei registrierte ich, wie liebevoll Michael wieder einmal den Tisch gedeckt hatte: Auf einer dunkelblauen Satin-Tischdecke hatte er lachsfarbene Teller eingedeckt und zwischen Gläser und Porzellan kleine Blüten gestreut. In der Mitte des Tisches brannte eine lange, dunkelblaue Kerze.

Als Michael den Braten dann endlich serviert hatte - es gab als Beilagen von Hand geschabte Spätzle und einen Salat mit karamellisierten Sonnenblumenkernen - erzählte ich ihm meine Geschichte noch einmal in Kurzform, und versuchte dabei, nicht allzu sehr ins Schwärmen zu geraten. „Weißt Du, da war einfach dieser Typ, der kam rein in meine Agentur und wollte eigentlich nur schnell eine Deckungskarte für sein neues Motorrad. Aber es war Feierabend, und ich wollte eigentlich schon abschließen ..."

Ich stockte. Es fiel mir schwer, die Gefühle zu erklären, die dieser „Typ" bei mir geweckt hatte. Groß und stark hatte er auf mich gewirkt, als er die zwei Treppen zur Agenturtür auf einmal nahm und dann plötzlich vor mir stand. Er hatte mich mit dunklen Augen betörend angesehen und mit tiefer, männlicher Stimme gefragt, ob ich ihm noch schnell eine Deckungskarte für sein neues Motorrad ausstellen könnte.

„Heute nicht mehr!", hatte ich geantwortet, aber das ließ er nicht gelten.

„Bitte!", hatte er mich mit einem Blitzen in seinen Augen angefleht, „Machen Sie doch einmal eine Ausnahme! Ich brauche doch nur eine klitzekleine Deckungskarte! Sonst kann ich heute Abend gar nicht mehr fahren! Und sehen Sie selbst: Ist es nicht wirklich wunderschönes Motorradwetter?"

Ich sah an dem Fremden vorbei hinaus auf die Straße. Tatsächlich: die Sonne schien, es war endlich Frühling geworden! Mir war das den lieben langen Tag gar nicht aufgefallen, so sehr war ich in meine Arbeit vertieft gewesen, aber nun, als der Fremde mich darauf ansprach, sah ich es auch.

Nichtsdestotrotz fand ich sein Argument, warum ich meinen Feierabend nach hinten verlegen sollte, nicht wirklich schlüssig:

„Hören Sie", sagte ich, „mit einer Deckungskarte alleine können Sie doch gar nicht fahren! Sie müssen das Motorrad anmelden und ich glaube nicht, dass Sie um diese Uhrzeit noch ein Amt finden, dass offen hat – egal, ob ich Ihnen jetzt eine Deckungskarte gebe oder nicht!"

Normalerweise diskutiere ich ja nicht mit Kunden und schon gar nicht mit Männern, die Kunden werden wollten. Aber irgendetwas reizte mich an diesem Typen. Einerseits wollte ich ihn abwimmeln – andererseits aber auch wieder nicht.

Diesen Konflikt nutzte der Fremde weidlich aus. Jetzt versuchte er es mit Komplimenten. „Natürlich, da haben Sie recht. Sie sind echt eine scharfsinnige kleine Lady! Aber dieses Motorrad habe ich gerade zur Probefahrt vom Händler. Sehen Sie? Ich fahre mit einem roten Kennzeichen. Der Händler ist ein Bekannter von mir und er hat mir versprochen, dass ich das Motorrad gleich mitnehmen darf, wenn ich ihm vor Ladenschluss das Geld und eine Deckungskarte vorlege. Er meldet es dann morgen um und ich kann mir die offiziellen Kennzeichen dann wieder bei ihm abholen. Kleiner Service des Betriebs!"

Der Fremde lächelte mich entwaffnend an. Da ich jedoch noch immer keine Anstalten machte, ihn herein zu lassen, öffnete er den Reißverschluss seiner Motorradjacke und tippte auf seine prall gefüllte Innentasche: „Hier ist das Geld für den Motorradhändler. Alles, was mir zu meinem Glück noch fehlt, ist eine Deckungskarte! Bitte!"

„Sein Blick hat mich echt an Waldi erinnert!", erzählte ich jetzt meinem Freund Michael. „Weißt du noch? Waldi, der Dackel von unserem Nachbarn Karl? Der konnte auch immer den Kopf so schief legen und so treudoof gucken…" Ich lachte, zum Teil wegen meiner Erinnerung an Waldi und zum Teil wegen Thomas. So hieß nämlich der "Typ". Thomas Winter.

Natürlich hatte ich es nicht geschafft, ihm die Tür vor der Nase zuzuschlagen. Stattdessen hatte ich ihm meine Bürotür geöffnet, den PC wieder angeschaltet und Thomas wie unter Hypnose seine dämliche Deckungskarte ausgestellt.

„Und als Entschädigung für meinen verspäteten Feierabend fragte er mich, ob ich mit ihm mitfahren will", schwärmte ich Michael vor. „Auf dem Motorrad."

Michael lächelte, während er aß und mir zuhörte. Ich blickte träumerisch an ihm vorbei, während ich fast mechanisch meine Gabel zum Mund führte. Ich bin mir gar nicht mehr sicher, ob ich an diesem Abend überhaupt gemerkt habe, was ich da aß.

„Erzähl weiter!", forderte mich Michael auf. „Bist du tatsächlich auf sein Motorrad gestiegen?"

„Nein, leider nicht!", seufzte ich und legte gedankenverloren das Besteck aus der Hand. „Ich trug an diesem Tag das rosa-schwarz gemusterte Kostüm mit der weißen Seidenbluse! Nicht gerade die passende Bekleidung für eine Sozia! Und einen zweiten Helm hatte er auch nicht dabei!" Ich war jetzt noch enttäuscht, als ich an diese Situation dachte.

„Tja, was machen wir denn da?", hatte dieser unwiderstehliche Thomas mich gefragt, als klar war, dass aus unserer Spritztour nichts würde. „Und da habe ich ihn zum Essen eingeladen!", sagte ich nun zu Michael.

„Du hast ihn zum Essen eingeladen?" Michael ließ das Besteck fallen und lachte schallend. „Er kommt zu dir in den Laden, verdreht dir den Kopf, bringt dich dazu, deinen Feierabend zu verschieben und zum Dank lädst du ihn zum Essen ein?" Michael schüttelte sich vor Vergnügen. „In welches 5-Sterne-Lokal möchtest du ihn denn ausführen?", fragte er ein wenig spöttisch.

Mir war ganz schön kleinlaut zumute, als ich jetzt mit der ganzen Wahrheit herausrücken musste. „Ich hab ihn zu mir nach Hause eingeladen", flüsterte ich, „Michael, wenn du mir nicht hilfst, wird das eine einzige Katastrophe!"

Michael nickte. Er kannte meine mangelhaften Kochkünste nur zu gut. „Warum bestellst du nicht einfach den Pizza-Service?", fragte er. „Weißt du", ich war jetzt mehr als verlegen, „ich wollte Thomas ein wenig beeindrucken … ach, ich weiß auch nicht, was in mich gefahren ist, aber ich habe irgendwie so getan, als könnte ich kochen!"

„Was hast du?", fragte der sonst so ruhige und besonnene Michael amüsiert. „Na, da wird er ja sein blaues Wunder erleben!", lachte er ein wenig schadenfroh.

„Lach nicht!", rügte ich ihn und bat meinen guten alten Freund um ein möglichst einfaches Rezept, das ich ohne Probleme nachkochen könnte. Michael überlegte einen Moment und empfahl mir dann „Grüne Nudeln mit Käsesoße".

„Ganz einfach, hat er gesagt", dachte ich einen Abend später, als ich in meiner gemütlichen, aber wenig benutzten Küche das Rezept nachkochen wollte. Die Einkäufe hatte ich kurz vor Ladenschluss erledigt und ich war noch ziemlich im Stress. Aber auch beschwingt: Schließlich würde gleich Thomas vor der Tür stehen. Thomas. Ein Name wie Musik.

Ich hatte bislang wenige Beziehungen gehabt, denn ich war sehr mit meiner Karriere beschäftigt. Die Ausbildung, das eigene Büro - mein Ehrgeiz kannte keine Grenzen. Jetzt aber war es geschafft: Ich hatte die Eröffnung meiner eigenen Versicherungsagentur feiern können und hatte nun Zeit für eine Beziehung. Thomas kam sozusagen wie gerufen!

„Die Nudeln werden gekocht - na, das schaffe ich bestimmt." Ich setzte das Nudelwasser auf und rieb zwischenzeitlich den Käse. Als das Wasser kochte, warf ich die Spinatnudeln hinein und begann, den Käse mit etwas Milch in einer Kasserolle zu schmelzen. Ich fügte Muskat und schwarzen Pfeffer hinzu.

„Das sieht ja schon ganz gut aus", dachte ich zuversichtlich. „jetzt den Zitronensaft." Und schon war es passiert: die Soße gerann. Der fette Käse schwamm oben im Topf, unten war nur noch dünner Sud. Und ausgerechnet jetzt klingelte es an der Tür.

Thomas kam in voller Ledermontur, unrasiert und mit leeren Händen. „Naja, ein Blümchen oder eine Flasche Wein hätte er ja schon wenigstens mitbringen können!", ging es mir durch den Kopf, „Schließlich soll dieser Abend ja die Entschädigung für meinen entgangenen Feierabend sein! Und in Schale geschmissen hat er sich auch nicht gerade."

Ich versuchte, nicht allzu enttäuscht auszusehen und zupfte nervös an meinem schwarzen Minikleid. Zu alledem fiel Thomas auch keine nettere Begrüßung als: „Na, schön gekocht, Kleine?" ein. Dabei spazierte er einfach an mir vorbei - direkt in die Küche.

Ich hatte zumindest mit einem flüchtigen Begrüßungsküsschen auf die Wange gerechnet – wenn nicht sogar mit mehr - hastete ihm verdattert hinterher.

„Das sieht aber gar nicht gut aus!", stellte Thomas fest, als er in der Küche ankam. Leider hatte er nur zu recht, denn in diesem Moment kochten auch die Nudeln über. Ich zog hektisch den Topf vom Feuer und verbrannte mir dabei die linke Hand. In all diesem Chaos lehnte der Mann, den ich noch vor wenigen Tagen so begehrenswert fand, an meiner Spüle und schüttelte den Kopf!

„Mein Gott, ihr Frauen heutzutage könnt ja noch nicht einmal Spaghetti kochen!", spottete er und plötzlich konnte ich überhaupt nicht mehr verstehen, was ich jemals an diesem Mann gefunden hatte.

„Und ihr Männer heutzutage habt noch immer nicht kapiert, dass es darauf einfach nicht ankommt!", zischte ich, schnappte mir Thomas an der Lederjacke und bugsierte ihn kurzerhand energisch durch den Flur wieder nach draußen vor die Tür.

Das war alles so schnell gegangen, dass ich erst begriff, was in den letzten Minuten alles passiert war, als ich die Tür hinter Thomas bereits geschlossen hatte. Ich hörte, wie er die Stufen hinuntertrampelte und dabei lauthals fluchte. Widerlich! Mein Herz klopfte wie wild und ich musste drei Mal tief Luft holen, um mich zu beruhigen. Dann fing ich hemmungslos an, zu weinen.

Ich weinte, weil die Käsesoße geronnen war. Ich weinte, weil mittlerweile das zischende Nudelwasser das ganze Cerankochfeld und einen Teil des Bodens überschwemmt hatte.

Ich weinte, weil ich mich den ganzen Tag auf diesen Obermacho gefreut und mich wie ein Teenager mit Kochkenntnissen gebrüstet hatte. Ich weinte, weil ich tatsächlich für einen kurzen Moment sogar davon geträumt hatte, mit diesem Typen den Rest meines Lebens zu verbringen.

Ich weinte, weil ich für einen Fremden versucht hatte, eine andere Frau aus mir zu machen, als ich bin, eine gute Hausfrau nämlich. Ich schämte mich. Was war nur mit mir los gewesen? Lag es an den Hormonen? An irgendeiner biologischen Uhr, die hinterrücks in mir tickte?

Ich konnte erst gar nicht aufhören zu weinen, aber plötzlich musste ich an den einzigen Mann denken, dem ich nie etwas hatte vormachen müssen und der mich immer verstanden hatte: Michael.

Der gute Michael, der mir auch noch das Rezept für diesen Abend gegeben hatte! „Ob er wohl jemals etwas anderes in mir gesehen hat als nur die alte Freundin aus Kindertagen?", fragte ich mich und plötzlich war es mir ganz wichtig, das herauszufinden. Ich kühlte mir am fließenden Leitungswasser meine verbrühte Hand, bis sie aufhörte, zu schmerzen, verband sie notdürftig, schnappte mir meinen Autoschlüssel und fuhr zu ihm.

„Na, ich denke, du hast heute deinen großen Auftritt als Köchin?!" Michael tat sehr erstaunt, als er mir die Tür öffnete.

„Es ist alles schief gegangen!", seufzte ich und ohne darüber nachzudenken, drückte ich mich an Michaels Schulter. „Und weißt du was, es tut mir gar nicht mal leid. So ein Macho!", schimpfte ich und mir kamen schon wieder die Tränen. Michael presste mich fest an sich.

So nahe war ich ihm noch nie zuvor gekommen. Es tat so gut, in seinen Armen zu liegen und ich hatte nicht vor, mir diese Gelegenheit entgehen zu lassen. Mein Herz hatte zu hüpfen begonnen und es fühlte sich unglaublich richtig an. Wie hatte es so lange dauern können, bis ich merkte, wie wichtig mir Michael war? „Ob er wohl auch für mich etwas empfindet?", fragte ich mich und seufzte erleichtert, als Michael vorsichtig über mein langes, blondes Haar strich.

Plötzlich war alles ganz einfach.

Meine Lippen suchten seinen Mund und zaghaft küsste ich ihn. Es wurde ein langer Kuss, den er erst zögernd, dann aber heftig und leidenschaftlich erwiderte. Als er seine Lippen von meinen löste, zog ich ihn wieder heran und küsste ihn noch einmal.

„Jetzt komm aber erst mal rein", lachte Michael und entwand sich meiner Umklammerung. „Erzähl, was ist denn überhaupt passiert?" Ich schnappte nach Luft und wusste nicht recht, womit ich zu erzählen anfangen sollte.

„Also zuerst war da irgendwas mit dieser komischen Käsesoße!", begann ich. „Ich glaube, sie ist geronnen!"

„Klar", lachte Michael, „sie gerinnt, wenn man sie nicht im Wasserbad anrührt!"

„Wasserbad? Was ist denn das?" Ich konnte mich beim besten Willen nicht daran erinnern, dass ich dieses Wort schon einmal gehört hatte. „Das hast du mir aber nicht gesagt!", empörte ich mich.

„Nein", antwortete Michael, gelassen wie immer. Dann zog er mich wieder an sich und flüsterte mir ins Ohr: „Sonst wärst du ja schließlich jetzt nicht hier!"

„Du Schuft!", rief ich scheinbar ärgerlich und boxte mit meinen Fäusten gegen seinen Brustkorb. Er lachte und ging auf meinen Scheinkampf ein. Ausgelassen rangelten wir miteinander, wie wir es schon als Kinder getan hatten. Aber heute war es anders. Knisternde Erotik lag in der Luft und gleichzeitig eine große Vertrautheit!

Nach einigen Minuten Gekicher und Gerangel kam ich schwer atmend unter Michael zu liegen. Er hielt inne und sah mich lange aufmerksam an.

„Ich liebe dich schon so lange!", sagte er sanft, „Aber ich habe nie gewusst, wie ich es dir sagen soll! Als du dann plötzlich von diesem Typen erzählt hast, habe ich schon alle meine Felle schwimmen sehen ..."

Die Zärtlichkeit in seiner Stimme ließ mich erbeben. War das wirklich Michael, mein Freund aus Kindertagen? Wo hatte ich meine Augen gehabt, wo mein Herz? Wieder küssten wir uns, dieses Mal leidenschaftlich und eng umschlungen. Dann trug mich Michael in sein Schlafzimmer.

Gegessen haben wir an diesem Abend nichts mehr ...

Impressum

© Brigitte van Hattem 2018

Umschlaggestaltung: Falkenstein Design Karlsruhe

Brigitte van Hattem ist Medizinjournalistin und lebt in der Nähe von Karlsruhe.

Weitere Bücher von Brigitte van Hattem (Stand Juli 2019):

- Schabrackenblues: September.
  Silvia Maier sinniert erstmals über den Sinn des Lebens im Allgemeinen und über die Wechseljahre im Besonderen. (Leseprobe siehe Seite 171)

- Schabrackenblues: Oktober
  Silvia Maier bekommt plötzlich viel zu tun – zu viel um weiter zu sinnieren. Hält das jung?

- Lesbinas. Ein Episodenroman von Les B.

- Ein Versehen mit Todesfolge
  Wahre Geschichten über ungewöhnliche Todesfälle

- Verschieden! Kurzgeschichten. Tödlich. Inspired by Life.

- Ausgewandert: Amina, eine Deutsche in Gambia: Eine Reportage über "Gardengirl" Petra Paho

- Bello wird blind: Retinadegeneration und andere Augenerkrankungen beim Hund

- Schwester Leonie, ein Arztroman

sowie verschiedene medizinische Sachbücher in Zusammenarbeit mit Fachärzten.

Leseprobe

Schabrackenblues: September

von Brigitte van Hattem

Dr. Google warf mehrere Adressen aus und alle genannten Ärzte waren Fachärzte für plastische und ästhetische Chirurgie. Ich hatte die Qual der Wahl und entschied mich für einen, der seine Praxis in der Nähe der Schule hat, in der ich arbeite.

Das Wartezimmer der Praxis war so unglaublich luxuriös eingerichtet, dass ich mich sofort unbehaglich fühlte. Da wartete eine alte, verwelkte Schabracke in einem aufpolierten Neo-Barock-Sofa. Sehr passend. Sphärische Klänge ärgerten meine Ohren. Meeresrauschen aktivierte meine Blasenfunktion. Wenn ich hier noch eine Weile hätte warten müssen, wäre das schief gegangen. Musik, die mich beruhigen soll, regt mich tierisch auf.

Doch dann kam schon der große Meister und bat mich in seinen Behandlungsraum. Er roch nach Zigaretten und ich fragte mich sofort, ob sich sein Nikotinabusus wohl auf meine Wundheilung auswirken könnte. Dann schob ich den Gedanken beiseite und erzählte ihm, dass und warum ich mir nicht mehr gefalle.

"Ich habe aber nicht den Eindruck, dass es damit getan ist, dass man mir die Haut nach oben zieht", erklärte ich meinem aufmerksamen Gegenüber und demonstrierte es gleich, indem ich mir mit meinen beiden Händen ins Gesicht fasste und meine Hängebäckchen gleichzeitig sowohl nach oben, als auch nach außen zog. Ich hatte das zuhause vor dem Spiegel geübt.

"Ja, das bringt nicht viel", bestätigte mir der Chirurg. "Das liegt aber daran, dass man hier an der falschen Stelle ansetzen würde. Schauen Sie einmal." Schwuppdiwupp hatte er eine Fernbedienung in der Hand und zielte mit ihr auf die Wand rechts neben ihm, wo ein Plasmabildschirm hing. Während der Arzt die richtigen Bilder suchte, hatte ich Zeit und Gelegenheit, ihn mir ausgiebig zu betrachten.

Er war schätzungsweise Ende Dreißig, höchstens Anfang Vierzig und sah mir persönlich ein wenig zu gut aus. Ich hatte schon vor dreißig Jahren Mühe gehabt, mir die Aufmerksamkeit von so extrem gutaussehenden Männern zu sichern, daher war ein wenig Skepsis sicher angebracht.

Doc Beauty hatte mittlerweile gefunden, was er mir zeigen wollte. Es waren Vorher-Nachher-Fotos einer Frau meines Alters, der er den Bereich um die Wangenknochen aufgepolstert hatte.

Schlagartig hatte Doc Beauty meine Aufmerksamkeit. Die Frau sah auf dem Nachher-Foto wirklich und erkennbar besser aus und das, obwohl sie immer noch eine schwammige Kinnlinie und Hängebäckchen hatte. Doc Beauty zeigte mir noch zwei weitere Beispiele und erklärte, dass mit dem Alter das Mittelgesicht abflacht und nach unten rutscht. Aber genau dieser Bereich, der vom seitlichen äußeren Augenwinkel bogenförmig nach innen und unten bis zum seitlichen Nasenflügel verläuft, springe dem Betrachter förmlich ins Auge. Eine Auffüllung mit Eigenfett oder einem künstlich hergestellten Füllstoff bewirke daher eine Verbesserung des Aussehens um fünf bis zehn Jahre, auch wenn sich sonst am Gesicht nicht viel getan hat. Ich war beeindruckt.

Wenn mich aber meine Kinnlinie darüber hinaus stören würde, würde mir Doc Beauty zu einem sogenannten MACS Lifting raten, bei dem Fäden die untere Wangenregion nach oben in Richtung Ohr ziehen. Auch hierfür hatte der Doc einen Fotobeweis. Er rief die Vorher- und Nachher-Fotos einer etwa Sechzigjährigen auf und zeigte mir, was er bei ihr alles operiert hatte: MACS, Augenmit Augenbrauenlifting und Mittelgesichtsfüllung. Die Frau sah jetzt tatsächlich gut aus, obwohl ihre weit aufgerissenen Augen auf dem Nachher-Foto ein wenig angsterfüllt wirkten. Es sei sehr schwierig gewesen, diesen Eingriff durchzuführen, plauderte der Doc aus dem Nähkästchen. Die Frau hätte bereits woanders Voroperationen durchführen lassen und er hätte durch dickes Narbengewebe schneiden müssen. Dabei sei leider auch der Worst Case passiert.

Das war ihm vermutlich nur so herausgerutscht, aber bei mir schrillten plötzlich alle Alarmglocken. "Worst Case?", fragte ich irritiert. Ich unterrichte technisches Englisch, mir war also klar, dass es sich hierbei um den schlimmsten anzunehmenden (Un-)Fall handelte, den Super-Gau. "Was ist denn bei dieser Operation der Worst Case?"

"Nun, die Schließfähigkeit ihres rechten Auges ging verloren", antwortete Doc Beauty, in einem Tonfall, als spräche er über eine lästige kleine Hautirritation.

"Sie kann es nicht mehr aufmachen?", fragte ich zurück.

"Sie kann es nicht mehr zumachen", korrigierte er mich.

Es dauerte ein paar Sekunden, bis sich diese Information in meine sämtlichen relevanten Hirnregionen verteilte.

"Sie kann es nicht mehr zumachen?!?", wiederholte ich ihn. "Ist das reversibel?"

Der Doc schüttelte bedauernd den Kopf.

"Aber man muss seine Augen ab und zu zumachen, sonst trocknen sie aus", stammelte ich.

"Nun ja, sie kann es manuell zumachen", erklärte er mir. "Mit der Hand."

Ich starrte auf die Vorher-Nachher-Fotos seiner bedauernswerten Patientin und stellte mir vor, wie sie abends ins Bett ging und sich mit der Hand ihr Auge zuklappte. Und wie sie morgens ihr Lid wieder zurückschob. Und zwischendurch manuell blinzelte.

"Aber sie sieht gut aus", gab ich zögerlich zu, weil mir sonst nichts Vernünftiges mehr einfiel.

"Ja, aber wie es nun mal so ist", seufzte Doc Bauty und wand sich ein wenig in seinem Chefsessel, "fokussiert sich die Patientin natürlich nur auf das, was schief gelaufen ist. Da muss man als Arzt ganz schön Kindermädchen spielen!"

Jetzt war ich endgültig sprachlos. Natürlich müssen Schönheitspraxen wirtschaftlich arbeitende Unternehmen sein, und natürlich führen sie mit ihren Patienten Verkaufsgespräche. Sie müssen auf die Möglichkeit eines Worst-Case aufmerksam machen, aber sie sollten auch Mitgefühl zeigen. Ich stand auf und verabschiedete mich von Doc Beauty, ich wolle es mir noch einmal überlegen.

Die Dame an der Anmeldung reichte mir einen Kostenvoranschlag zum Abschied: Volumen-aufbau Mittelgesicht und Nasolabialfalten mit Füllstoff, drei bis vier Ampullen á 450 Euro, alternativ Volumenaufbau mit Eigenfett, 1. Sitzung 3.500, jede Folgesitzung 2.000 Euro.

Als ich in den Wagen stieg und nach Hause fuhr, kam Trotz in mir auf. Hormonelle Imbalancen, wie sie bei einer postmenopausalen Frau durchaus normal sind, haben bekanntermaßen oft weitreichende Folgen: Übergewicht, Burnout, Depressionen, Hautprobleme, Infektanfälligkeit, Libidoverlust, Schlafstörungen, später noch Osteoporose und Scheidenatrophie - es gab also genug Fronten, an denen ich noch zu kämpfen hatte. Was machte es da schon, dass mein Mittelgesicht nach unten gerutscht war? Schließlich sah selbst Eva Mattes bei ihrem letzten Tatort alt aus.

Das Buch „Schabrackenblues: Ein heiterer Frauenroman" ist unter der ISBN 978-3750480667 überall erhältlich, wo es Bücher gibt – natürlich auch als E-Book.